U0527088

读客悬疑文库

认准读客读悬疑,本本都是大师级。

ELLERY QUEEN

死前留言

[美]埃勒里·奎因 著　　王冬佳 译

Q. E. D.
QUEEN'S EXPERIMENTS
IN DETECTION

北京日报出版社

图书在版编目（CIP）数据

死前留言 / (美) 埃勒里·奎因著；王冬佳译. -- 北京：北京日报出版社, 2025.6
ISBN 978-7-5477-4789-6

Ⅰ. ①死… Ⅱ. ①埃… ②王… Ⅲ. ①中篇小说 - 小说集 - 美国 - 现代②短篇小说 - 小说集 - 美国 - 现代 Ⅳ. ①I712.45

中国国家版本馆 CIP 数据核字 (2024) 第 027125 号

QED: QUEEN'S EXPERIMENTS IN DETECTION
Copyright © 1968 BY ELLERY QUEEN
Copyright renewed by Ellery Queen
This edition arranged with JABberwocky Literary Agency, Inc.,
Through Big Apple Agency, Inc.,
Simplified Chinese translation copyright © 2025 by Dook Media Group Limited.
All rights reserved.

中文版权：© 2025 读客文化股份有限公司
经授权，读客文化股份有限公司拥有本书的中文（简体）版权
图字：01-2025-1321号

死前留言

作　　者：	[美]埃勒里·奎因
译　　者：	王冬佳
责任编辑：	王　莹
特约编辑：	徐陈健　　沈　聿
封面设计：	贾旻雯
出版发行：	北京日报出版社
地　　址：	北京市东城区东单三条8-16号东方广场东配楼四层
邮　　编：	100005
电　　话：	发行部：（010）65255876
	总编室：（010）65252135
印　　刷：	三河市中晟雅豪印务有限公司
经　　销：	各地新华书店
版　　次：	2025年6月第1版
	2025年6月第1次印刷
开　　本：	880毫米×1230毫米　1/32
印　　张：	8.5
字　　数：	188千字
定　　价：	59.90元

版权所有，侵权必究，未经许可，不得转载
凡印刷、装订错误，可调换，联系电话：010-87681002

目录

临终留言类中篇小说 001
    缉凶线索——MUM 003

现场演绎推理中的疑难问题 071
    现场教学 073
    禁停 089
    无家可归 103
    奇迹会发生的 117

玺囚调查局 　　　　　　　　　　　　133
　　赌债案：孤独的新娘　　　　　　　135
　　间谍案：国会图书馆神秘事件　　　142
　　间谍案：替身　　　　　　　　　　156
　　绑架案：坏掉的字母T　　　　　　162
　　谋杀案：半条线索　　　　　　　　170
　　匿名信案：婚礼前夜　　　　　　　179
　　遗嘱查证案：最后死的人　　　　　202
　　集团犯罪案：酬金　　　　　　　　211

猜谜俱乐部　　　　　　　　　　　　219
　　小个子间谍　　　　　　　　　　　221
　　总统失约　　　　　　　　　　　　231

历史题材性探案故事　　　　　　　　239
　　亚伯拉罕·林肯留下的线索　　　　241

DYING

临终留言类中篇小说

MESSAGE

图一

图二

缉凶线索 —— MUM

1964年12月31日

午夜过后便是新年,又恰逢老人的生日。戈弗雷·芒福德住在莱特镇,这种双喜临门的日子他会在家中有高吊顶的客厅庆贺。这次现场的气氛与往年有所不同,暗含着某种特别的意味。说到亲朋好友送贺礼这件事,老戈弗雷真应该铭记希腊人赠送贺礼这一典故[1],保持警醒(虽然莱特镇没有希腊人,至少在戈弗雷认识的人当中没有。他身边最接近希腊人的也就是安迪·比罗巴蒂安。此人是个花商,拥有亚美尼亚血统,他卓越的园艺才能曾与芒福德大师不相上下,但他已经与世长辞)。

第一个带礼物前来的便是埃伦·芒福德·纳什。戈弗雷的这个

---

[1] 指特洛伊战争中希腊人将巨型木马送给特洛伊人,实则将一批精兵埋伏在木马内,最终攻下特洛伊城的故事。形容送礼的人心怀叵测。——译者注

女儿，前三任丈夫都是美国人。她目前刚从英国回来。她就是在那里遇到了她的第四任丈夫（据说是和大英博物馆有关系的一位埃及古物学家），如今两人在一起已经第5个年头了，算是破了纪录。今天，这个浪荡女回家探望，只见她鼻孔张得老大，像是嗅到了一丝不悦的气息。

即便如此，埃伦依旧用她那甜美的声音对父亲说："祝您快乐，亲爱的爸爸。希望这些东西您能用得上。"

事实证明，她口中的希望实属多余。因为她送给父亲的礼物是一个镀金的雪茄烟盒和一只打火机，而戈弗雷·芒福德早在1952年就已经戒烟了。

接下来是克里斯托弗。埃伦比他早降生不到30分钟。（两人的出生导致母亲离世，虽然生活中偶尔有些事情让父亲觉得这种交换实在不值，但父亲从不因此事而动怒。）

埃伦隔着大家共饮的香槟酒酒瓶，看着自己的这位双胞胎弟弟，不禁觉得他的举动有些好笑。他这个乖儿子扮演得还真是到位！这位亲爱的克里斯[1]拥有如此高超的演技，竟然还在百老汇做些跑龙套的工作，或者去出演廉价的夏季限定剧目。当然了，这都是他在专业上不用心的缘故。话说回来，没有哪件事是他真正放在心上的。

"这个生日派对可真赶时髦，爸爸。"克里斯托弗一脸奉承地说道，"还得再举办个一百场才行啊。"

"孩子，这种场合一年有一次我还能勉强接受，再多就不行

---

1 克里斯托弗的昵称。——编者注（如无特别说明，本书中注释均为编者注）

了。谢谢你。"虽然戈弗雷的头发已花白,但他依旧生气勃勃。他原本魁梧的身材如今有些偏瘦,但70岁的他,形体依旧如舞者般挺拔。此时,老人正端详着一根银柄手杖:"真不错。"

克里斯托弗悄悄地退步到右侧,满意地笑了。戈弗雷将手杖放到一边,转身看了看站在一旁的那位中年女性。她身材矮小,体形略胖,手里捧着一份礼物,由于经常做家务,指甲剪得光秃秃的,皮肤也有些粗糙。雪白的头发遮着她的脸,她的表情如同一座新英格兰花园一样沉静。

"不用这么麻烦,芒[1],"老人嗔怪道,"你还有那么多事情要忙呢。"

"老天,戈弗雷,没什么麻烦的。我倒是希望能再多做些事情。"

"我在想,上一次穿手织毛衣是什么时候的事了。"戈弗雷一边用手摩挲着毛衣,一边声音粗哑地说道,"这几天我去温室,正好穿它。你是怎么挤出时间来的?"

这时,太阳从云层中钻出来,阳光洒满花园。"虽说不怎么精巧,但是戈弗雷,它能保暖。"

玛格丽特·卡斯韦尔来莱特镇已经28年有余了,当初姐姐路易丝——戈弗雷的妻子——正怀着孕,所以她前来照顾,就是那一胎让路易丝丢了性命。当时,她已经有了自己的孩子,也料理完了丈夫的后事,便成了这个家里三个孩子——戈弗雷的两个孩子和她自

---

[1] "芒"(MUM)是对这位中年女性的昵称,即下文中提到的玛格丽特·卡斯韦尔。——译者注

己的一个孩子的"妈妈",为他们的饮食起居不知操了多少心(最近刚刚计算过,她已经给孩子们做了超过3万顿饭了)。其实,戈弗雷·芒福德对她也不薄,可以说是她孩子的再生父亲。

有时,她觉得戈弗雷爱她的乔安妮比爱他自己家的那对双胞胎还要更多一些。此时此刻,身在客厅里的她就能明显地感受到这一点。因为戈弗雷正双手抚摸着一个配有金叶菊花装饰的皮革制文具套盒,一双犀利的蓝眼睛里闪着如同一月的冰川般的光。那文具套盒便是乔安妮送的礼物。此时,乔安妮正微笑着看着他。

"你这个小机灵鬼,乔[1],"戈弗雷说道,"真会讨老头子开心。它真漂亮。"

原本微笑着的乔转而哈哈大笑:"要是换成大多数男人,可能会喜欢牛肉和西红柿。可您酷爱菊花。所以,这还不简单。"

"我猜,大家都觉得我是个头脑简单的人,一个不务正业的老家伙。"戈弗雷轻声说道。

这时,只听有人高喝一声,原来是一个瘦弱的矮个子男人,他炯炯有神的眼睛上方长着两撇浓密的眉毛。这人便是戈弗雷·芒福德的挚友沃尔科特·索普,他之前在康恩海文的梅里马克大学教人类学。过去的几年里他在梅里马克大学博物馆担任馆长,在那里,他对西非的文化人类学产生了特别的兴趣。

"那我就再帮你不务正业一下。"沃尔科特·索普咯咯笑道,"这个,戈弗雷,它能帮你消磨老年时光。"

"这是一本关于18世纪菊科植物的纲要书的首版!"戈弗雷津

---

[1] 乔安妮的昵称。

津有味地看着封皮,"沃尔科特,这太棒了。"

只见老人牢牢地握着这本厚书。只有乔安妮·卡斯韦尔能够察觉到他那硕大的身躯内有些异动。在莱特镇乃至整个园艺界,他是赫赫有名的芒福德贵菊培育者,这种菊花一根茎上能开两朵花。他是美国菊花协会的成员,也是英国、法国、日本菊花俱乐部的成员,他所接触的花卉培植人及爱好者遍布世界各地。于乔而言,他是一个绅士、善良却饱受困扰的人。但与此同时,他也是她心目中极为亲近的人。

"大家的好意,我深表感激,"戈弗雷·芒福德说道,"遗憾的是,我不得不告诉大家一个坏消息。虽说有些不合时宜,但我真不知道何时才能再将大家聚齐。所以,我接下来要讲的事,还请大家谅解。"

女儿埃伦本能地感觉到了问题的性质以及严重程度。她张大了鼻孔,仿佛能通过鼻孔感受到,接下来的这个消息的确很糟糕。

"爸爸——"她开口说道。

她刚一开口就被父亲打断了:"别打断我,让我说完,埃伦。这件事的确令人难以开口……1954年我退休的时候,名下的房产总值大约有500万美元,遗嘱中关于财产分配的条款也都是以此为依据订立的。可从那以后,大家也都知道,我一直忙着做菊科植物的混合杂交试验,将其他事通通抛在了脑后。"

戈弗雷停顿了一下,深吸一口气:"最近我发现,我真是蠢。抑或是命中注定。总之,结果都是一样的。"

他瞥了一眼手中的那本旧书,似乎有些吃惊:它居然还在自己手上。接着,他小心翼翼地将书放到咖啡桌上,然后在边缘有绣线装饰的沙发上坐下。

"我当时把所有资金都交由特拉斯洛·艾迪生的那家律师事务所来托管。特拉[1]去世之后由他儿子接管了公司业务,我错就错在依旧往里投钱。其实我真应该深思熟虑一番。大家还记得吧,克里斯托弗,那个小特拉,是个不知天高地厚的年轻人——"

"没错,"克里斯托弗·芒福德说道,"爸爸,您的意思该不会是——"

"正如你所想,"老人说道,"去年5月,自年轻的特拉在车祸中去世以后,律师事务所的经营状况如一篮子烂鸡蛋一样,到了无法挽救的境地。他名下的一部分信托基金被小特拉赌光了,剩余的基金呢,由于错误的商业判断以及愚蠢的预估,再加上一些拍脑门想出来的投资决策……"

他的声音越来越小,就这样过了一会儿,埃伦·芒福德·纳什的声音打破了沉寂。她那苗条而优雅的身体被气得僵硬。

"爸爸,您的意思是,您现在变得身无分文了?"

紧接着,她身后的克里斯托弗突然有了动作,只见他张开胳膊,拿出法庭辩论的架势,像是在针对一个关系到自己整个案子成败的法律问题展开攻势。

"您是在开玩笑吧,爸爸?事情不可能那么糟糕。那么多钱,总能剩下一些吧?"

"听我说,"老父亲语气沉重地说道,"我做了一下资产清算,债务嘛,倒是能够还清。这栋房子以及家产被抵押出去了,确

---

1 特拉斯洛的昵称。

实没剩下多少净资产。我还有一份养老金，能够供芒、乔安妮和我在这里体面地生活一段时间，但是一旦我死了，养老金也就没了。今后，菊科项目资金也要被迫削减——"

埃伦打断他，语气如同室外的寒风一样冰冷："去他妈的菊科项目！如果您像最初那样只是种点儿种子，爸爸，您刚刚说的这些也就不会发生了。如今积攒了这么多年，分文都没剩下！"

听了她的咒骂，戈弗雷脸色苍白。除此之外，他并无任何表情。很明显，他早就准备好面对这种艰难的处境了："埃伦，你弟弟有句话说得没错。的确剩下了一件值钱的东西，一件没有人知道的东西。我想拿给你们看看。"

说着，芒福德站起身往后面的那堵墙走去。只见他将一幅画着一瓶菊花的油画拿到一边，画的后方随即露出一个方门保险箱来。在场的人都很安静，只听到拨盘上一阵微弱的咔嗒声——更像是一种沙沙的声音。随后，他就从里面拿出了一样东西，然后把保险箱的门关上，走回来。

埃伦见状，轻声惊叫了一下。

只见父亲手里拿着一条惊艳四座的吊坠项链。

"你们应该还记得，"老人说道，"我退休的时候去了一趟远东地区，当时是去研究东方的菊科植物。嗯，这条精美的项链就是我在日本的时候得到的。虽然花了我很多钱，但与它的价值相比，我出的钱简直微不足道。我怎么能错过它呢？据可靠的记载，这是明治天皇的父亲孝明天皇所赐之物。它作为'皇室饰品'为人所知。"

就连链子上的金环都被精心雕刻成了各种纷繁复杂的小菊花形

状，而且吊坠本身也是菊花的形状，中间是一颗硕大的钻石，周围是由16颗钻石镶成的花瓣。这些精美绝伦的深黄色宝石将室内的光线聚集起来，再将那耀眼的光芒散射出去。

"这些钻石放在一起可以说是浑然一体。当时，天皇派出去的密探从世界各地搜集来这些罕见的黄色钻石，再将它们做成项链。作为一个整体，这个吊坠绝对是世间独一无二的。"

埃伦·纳什的眼睛如同这些宝石般一动不动，瞪得老大。她从没听说过孝明天皇，也没听说过什么'皇室饰品'，但她不能不被美丽的事物所动摇，尤其是当她听说这东西价值连城的时候。

"爸爸，这东西一定很值钱吧。"

"信不信由你，据说它价值100万美元。"大家听了一阵唏嘘。紧接着，戈弗雷·芒福德原本温和的语气一下子冷了下来，似乎刚刚的喜悦一下子消失了："嗯，既然大家已经看过了，我就把它放回去了。"

"我的老天，爸爸，"克里斯托弗尖叫道，"您不会是想把它放在这么一个寒碜的保险箱里吧！为什么不放在银行的保险柜里呢？"

"因为我想时不时地拿出来欣赏一番，孩子。我已经把它放在这里好长时间了，至今它都没有被偷走。再说，只有我一个人知道保险箱的密码。我想，我应该把密码写下来，以防有什么不测。"

"我也这么想！"埃伦说道。

戈弗雷的表情依旧还是那样："我会看着办的，埃伦。"

说完，他转身回到保险箱那里。等他再次转过身来时，已经是两手空空了，油画也挂回了原位。

"这就是我剩下的财产,"他说道,"一条珍贵的古董宝石项链,价值百万美元。"随后,他原本平和的表情逐渐悲伤起来,似乎心中的情绪已压抑到了极限。"沃尔科特,你一直都念叨着去西非探险的事,我那份旧遗嘱中原本含有赠予你的10万美元。"

"我知道,戈弗雷,我知道。"索普说道。

"现在看来,等我死了,恐怕你得到的赠款只有之前的五分之一了。"

沃尔科特·索普做了个鬼脸:"我年纪大了,不能去探险了。我们非要谈这些吗?"

他就这样小声嘟囔着,似乎觉得这个话题有些令人痛心。这时,只见戈弗雷·芒福德亲切地朝玛格丽特·卡斯韦尔转过身来。

"芒,我原本打算给你和乔安妮留一笔25万美元的信托基金。嗯,毕竟你陪了我半辈子,我不能让你因为我的失误而受罪,至少,在我能力范围内应该如此。虽说遗产税会分掉一部分钱,但在我的新遗嘱里,会通过一项修正过的信托基金给予你特殊的照顾。我想跟你和乔交代一下。"

说完,他转过身来对埃伦和克里斯托弗说:"那么,剩下的部分就由你们俩平分了。我原本并不是这样打算的,而且我也知道,这并非如你们所愿,但你们还是得面对现实。我很抱歉。"

"我也不想看到这样的结局。"埃伦咬了咬牙说道。

"哦,别说了,埃伦。"弟弟说道。

紧接着,大家都沉默不语。

最后是乔安妮打破了沉默:"那么,我们为今天的寿星喝一杯怎么样?"接着,她就把剩下的香槟全都喝了,那是她从高村广场

（一座圆形广场）的商贩那里买来的，她喝着酒，把新年前夜这场注定要惨淡收场的派对抛在了脑后。

1965年1月1日

克里斯托弗·芒福德患上了一种罕见的病——据他自己诊断，是某种腺体功能障碍症。于是一夜之间，他的情绪就发生了变化。此时的他，深深地吸了口冷冽又上头（正如昨夜乔安妮那瓶香槟酒一样）的空气，然后欢快地吐出来，像马儿嘶鸣一样。虽然他想到身后有很多债主在讨债，但这依旧不影响他欢快的心情。

"多好的天气啊！"他感叹道，"用最纯粹的方式开启新的一年！我们到温室后面的树林里逛逛怎么样？我们来场赛跑吧，乔，怎么样？"

乔安妮咯咯地笑出声来："别开玩笑了，跑不出20米你就得累趴下。你现在的身体状况不行了，克里斯，你自己是知道的。怎么说呢，就是松松垮垮的。"

"说得对。就像爸爸的资产那样松垮。"克里斯托弗·芒福德逗趣道。

"不过，你是可以补救的。"

"一提健身这件事我就头疼。不，没有希望了。"

"只要你肯努力，就不会没有希望。"

"看哪！小表姐又开始说教了！我可警告你，乔，不知道为什么，我今天早上的心情出奇地好。你可别扫兴。"

"我没想扫你的兴,我想看见你开心的样子。这种变化让人觉得很好。"

"没错。说到这里嘛,所谓新年,就是要有新气象,因此,我决定收敛一下自己的那些不良嗜好,少接触点儿烟酒,只跟纯洁的女孩儿相处,就从你开始。"

"你怎么知道我……嗯……纯洁?"

"在我看来是这样,"克里斯托弗·芒福德说道,"这一点我绝对有发言权。因为我已经试探过你很多次了。"

"这倒是事实。"乔用一种极为坚定的口吻说道。不过随后,她就哈哈大笑起来,他也跟着笑了。

两人绕过那座大型温室。温室的玻璃窗折射出一道道焰火般的光芒,投射到寒冷而明亮的空气当中。两人继续往前穿过一片枯草地,朝一片外表庄严的常青树林走去。

看到乔安妮在身边,克里斯托弗·芒福德很高兴。此时的她,可谓闲庭信步,而且她那简单直接的走路姿势将其身上的女人味展露无遗,令人赏心悦目。虽然她穿着毛袜和厚底步行鞋,但他是欣赏女人的行家,在他看来,她那双腿的魅力无人能及。

"你是想说,我在高兴的时候状态很不一样。"克里斯托弗·芒福德说道。

"是啊。"

"嗯,我今早就一直觉得自己哪里跟往常不一样,只是一直没弄懂。现在明白了。其实我跟以往没有什么不同,依旧是那个浪荡子。只不过,我现在面对的是一种新鲜的刺激物,就是你,我的表姐。是你让我觉得跟以往不一样了。"

"谢谢你,这位先生。"乔说道。

"哦,其实之前我就表达过对你的仰慕,和你针锋相对过几个来回,但那时我并没有真正注意到你。你懂我的意思吗?"

"我还在慢慢试着理解。"乔小心翼翼地说道。

"我的意思是,现在我注意到你了。我开始关注你了,表姐。从某种程度上来讲可以这么概括:我对你并不是一时的兴趣。明白吗?明白我的意思吗?"

"意思就是,你厌倦了,想找个人打发一下无聊的时光。"

"不是的。你就像一件货品,突然间极具诱惑力。"

"而你是潜在的买家。"

"不像你想的那样。别忘了,我可是靠演戏吃饭的。我见惯了那些有诱惑力的女人,剧院里都是。太多了,多得我都厌倦了,快变成和尚了。"

"那你为什么还要在我的手心里蹭来蹭去?"

"因为我已经决定不再一个人过。如果你同意的话,我会采取进一步行动,用胳膊搂着你。"

"这我可不允许。你之前就耍过这种花招,结果我们大吵一架。我看我们还是坐在这个木桩上歇息一会儿吧。之后就回去。"

于是,两人坐下了。天气很冷。两人坐得越来越近——算是为了取暖吧,乔安妮劝自己。

"老天,真是太奇妙了。"克里斯托弗·芒福德像吸烟一样轻轻吸了一口气。

"什么太奇妙了?"

"世事的变幻无常啊。小的时候我一直认为你是这个世界上最讨厌的人。"

"我也无法忍受你这个家伙。即便是现在，我有时还是忍受不了，比如昨晚。"

"昨晚，为什么？我表现得多好啊！"

"你并不了解你的父亲，是不是？"

"父亲？我最了解他了！"

"从你送给他的礼物上来看，我绝对没说错。埃伦也是——戈弗雷姨父数年前就戒烟了。而你却送给他一根手杖，老天！你难道没看出来戈弗雷姨父是个很要强的人吗？他怎么可能会用手杖呢？他永远都不会觉得自己需要那种东西。"

克里斯托弗·芒福德不得不承认，她批评得有道理。当初买手杖（虽然是刷信用卡买来的）的确没有仔细考虑父亲的需求和想法。

"你说得对。"他感叹道，"你经常在父亲身边待人接物，还时常去温室里陪他，的确变得比他自己的亲生子女还要了解他。"

两人就这样在木桩上手牵着手坐了一会儿。乔不得不紧紧地握着他的手。

1月3日

其实，芒福德一家人没有一起吃早饭的惯例，不过，向一家之主表达敬意还是很有必要的。无论是家里人还是客人，除非生病了或者前一天晚上熬夜太晚，否则都要在9点钟出席，因为戈弗雷·芒福德每天都是这个时候过来。

克里斯托弗·芒福德依旧沉浸在喜悦之中,足足提前了20分钟到了楼下,结果惊奇地发现他的双胞胎姐姐早就在自己之前就到了餐厅。就是那个埃伦,早餐时间,她一向是缺席的,今早却捧着一杯玛格丽特·卡斯韦尔冲泡的浓咖啡,悠闲地坐在阳光里。

"我就知道,我就知道,"克里斯托弗·芒福德说,"这绝对是充满奇迹的一天。居然会在这种工人们才早起的时间看到你已经起床了。"

埃伦透过香浓的咖啡热气盯着他:"你这会儿怎么这么高兴?真是让人讨厌。"

"我遇到了生命中的无价之宝。就像教会所形容的那样,整个人的精神都得到了升华。"

埃伦用鼻子哼了一声:"你?这么大了才忏悔,变得虔诚了?岂不是太没意思了。"

"才不是,不是这种没劲儿的事。"克里斯给自己拉开一把椅子,摊开手脚坐在上面,又深吸了一口厨房飘过来的香味,"不过,我敢说,你我二人的确没什么值得高兴的事。"

"所以呀,我才想在早餐之前单独见一见你。"埃伦的语气中透露出一种彻底放下身段屈尊求援的怨愤,"你或许还没意识到吧,克里斯,你最近的确喜欢谄媚别人。是我这当姐姐的看错了,还是你的确对我们那个乡下来的小表姐太热情了?你该不会是想随便找个自己参与的下流舞台剧,让她出演吧,嗯?"

"别太过分了,"克里斯托弗·芒福德直截了当地说道,"乔可不是什么乡巴佬。仅仅因为她没有在伦敦待过,没学会英国人那些陈词滥调——"

"老天哪，请保佑我的灵魂与肉体吧。"埃伦那貌似甜甜的笑中掺杂着酸溜溜的味道，"咱们无情的浪荡子大人居然也有软肋了。"

"好了。你到底想跟我聊什么？"

"前天晚上爸爸的表现。你怎么看？"

"好极了，太棒了，非常稳重，就是这样。"

"你觉得他说的是真话吗？"

"爸爸吗？当然是真的。要知道，爸爸从来不故意骗人。"

"我怀疑。"埃伦若有所思地说道。

"别傻了。他已经把一切都说得很清楚了。"

"你是不是对这一切太漠不关心了？在我看来，爸爸当初愚蠢地让那个腐败的不正规的律所托管钱，导致你从他那里继承来的遗产从原本的百万美元降到了几千美元，这可不是件小事。我们一定可以做些什么。"

"当然了——微笑着接受呗。又没有糟糕到靠救济金生活，埃伦。即便是税后，我们俩也至少应该会有几十万美元可以分。用莱特镇当地人的话说就是，那可不是什么小钱。"

"可那不是500万。老实说，我真要被爸爸气死了！"

克里斯托弗·芒福德咧嘴笑了。埃伦怒不可遏的样子倒是让她显得有点儿人情味了。"振作起来嘛，老姑娘，"他不失温情地说道，"这种事是英帝国留下来的传统，你是知道的。"

"哦，去死吧！真不知道我为什么要在这里费力气跟你讨论这些。"

这时，乔·卡斯韦尔进到餐厅中。她身穿一条杂色的羊毛连衣裙，看上去既苗条又青春靓丽，克里斯托弗可以发誓，她简直自带光环。面对特别耀眼的乔，他立即收敛了自己本性中的油腔滑调。埃伦发觉这种时候自己有些多余，于是便带着一副高傲的样子挪到餐桌的另一头去了。

乔的妈妈一本正经地系着围裙，从厨房来到过道里："戈弗雷下来了吗？"

"还没有，芒。"乔说道。

"这就有意思了。厨房的钟表显示已经9点一刻了。他总是按时下来的。"

埃伦咬着牙哼了一声："看来，他偶尔也会不守时。"

芒的瞳色随着年龄变浅了，此时她皱起的眉头透露出她的担心。她说："我在这里这么多年了，你们的父亲除非病了，否则早餐从来不会迟到。"

"哦，看在老天的分儿上，芒，"乔说道，"他有可能去温室了，忘记了时间。又不是已经下午2点了，他还没出现。"

可芒·卡斯韦尔摇了摇头，坚持道："我这就去他房间看看。"

"真他妈让人讨厌。"埃伦从不耐烦变得满口脏话，"那我的早饭呢？难道要我自己去弄吗？"

"你还是趁早打消这个念头吧！"克里斯托弗·芒福德知道乔想说什么，抢在她之前说道。

尽管如此，芒还是急急忙忙地上了楼。埃伦挥了挥手中的空咖啡杯，恨不得将它一下子砸到那个乡巴佬头上（因为芒没能及时给她续上咖啡）。克里斯托弗·芒福德则尽情地欣赏着乔安妮的魅力，以此来缓解饥饿，而此时的乔安妮正强压怒火，尽量不让心中对埃伦的不满表现出来。

接着是一阵沉寂。

直到后来楼上传来尖叫声。

刚开始是一声急促而恐惧的叫喊，随后变成了尖叫，一声叠一声的尖叫。

乔安妮一个箭步冲到楼梯口，上了楼，克里斯托弗·芒福德紧随其后。埃伦也跟了上去，脸上的表情有些古怪，既有恐惧，又有希望。

她跟着其他人走到楼梯一半的位置，只见姨妈正依附在栏杆旁，原本那饺子一般的五官变成跟老面团一样的死灰色。她勉强做了个让大家上楼的手势，乔和克里斯托弗·芒福德从她身边蹿了过去，拐弯消失在楼上的过道里。不一会儿，乔独自一人回来了，她赶紧往楼下跑，从母亲和埃伦身边经过。

"我得去给医生打电话，"乔喘着粗气说道，"埃伦，请你照顾好我妈妈。"

"到底怎么了？"埃伦追问道，"是爸爸吗？是不是他出了什么事？"

"是的……"乔飞奔到电话旁。埃伦扶着玛格丽特·卡斯韦尔的腰一边往楼下走，一边听着乔拨电话，紧接着便是乔急切的声音："是法纳姆医生吗？我是芒福德家的乔·卡斯韦尔。戈弗雷姨父好像中风了。您能赶紧过来一趟吗？"

康克林·法纳姆医生一步两个台阶地上了楼。芒虽已从刚才的惊吓中恢复过来，但脸上的表情依旧是僵硬的，一直坚持要在姐夫的床边照顾。医生赶到时看见她在那里。克里斯托弗·芒福德和埃伦却表现得像外人，在父亲房间外的走廊里溜达，乔安妮也在。几个人就这样默不作声地等着。

终于盼来了法纳姆医生，他无奈地耸了耸肩："好吧，他的确是中了风，瘫痪了。"

"可怜的爸爸。"克里斯托弗·芒福德说道，要知道，他已经二十几年没这样叫过爸爸了，"那能不能恢复呢，医生？"

"影响的因素有很多，绝大多数是不可预知的。"

"瘫痪之后有可能恢复正常吗，法纳姆医生？"乔安妮紧张地问道。

"瘫痪的症状会逐渐减轻，但到底需要多长时间，或者说能恢复到什么程度，我还不敢断言。这就要看病人身体的受损程度了。他现在应该住院治疗，但目前医院那边的情况着实紧张，一张床位都没有，连公共病房里都没有。而且就目前冬日里的路况来看，要是转去康恩海文的医院恐怕要冒很大风险，我不建议这样做。所以，居家疗养是最理想的选择，至少目前是如此。不过，他需要有人照顾——"

"我怎么样？"玛格丽特·卡斯韦尔出现在走廊里。

"嗯，"医生看起来有些犹豫，"我知道你以前照顾过病人，卡斯韦尔夫人，但目前的这种状况……虽然目前我们身边没有持有资格证的护士可用——"

"我已经照顾戈弗雷20多年了。"芒·卡斯韦尔说道，但凡涉及戈弗雷·芒福德的事，她一向都很坚持自己的想法，"现在依旧能照顾好他。"

1月4日—5日

法纳姆医生告诉他们，头部血栓形成之后的头48个小时是极为关键的一个阶段，芒唯独将这句话牢牢记在心里。接下来的两天两夜里，她连衣服都没脱过，也没合过眼。无论乔安妮说什么做什么，都无法将她从戈弗雷·芒福德的床边拉开，哪怕是10分钟都不可能。

关键期过去之后，病人终于挺过来了——而且据医生所说，恢复得还不错——乔和埃伦终于能将芒从病人的房间拽出来，让她躺下休息几个小时。于是，她带着胜利的微笑睡着了，仿佛在与死神进行过一场殊死搏斗之后取得了胜利。

沃尔科特·索普从克里斯托弗·芒福德那里得知戈弗雷中风了，便在5号当晚开车从康恩海文赶来了。只见他身上穿着一件老式大衣，头戴一顶俄式羊皮帽，像极了一个迷你版的俄罗斯老头儿。

"戈弗雷还好吧？没有生命危险吧？"

于是，大家安慰了他一番。他一屁股坐在前厅的椅子上，旁边的小桌子上放着银质托盘。"老朋友都走了。"他咕哝着。见他脸色苍白，乔安妮给他倒了点儿白兰地。"我们这些活着的人深感愧疚，与此同时也很庆幸。人心哪，真是恶毒……"

刚开始，他不敢上楼去看望病人，就这样待了一阵子，又是玛格丽特·卡斯韦尔在房间里陪着病人。后来，索普进了房间，焦躁不安地跟他的好朋友聊了10分钟，而戈弗雷只能无助地看着他。其间，他一次又一次地清着嗓子，仿佛瘫痪的是他自己，芒见状只好将他请了出去。

"眼睁睁地看他这样，太令人痛苦了，"索普对乔和楼下的双胞胎姐弟说道，"看着他瘫在床上挣扎，我在一旁坐着，感觉自己就像一个名副其实的懦夫。看他那样努力地想说话！不行，我还是回家去吧。"

"可是您现在不能回家，沃尔科特叔叔。"乔从小就一直这样尊称他，"外面已经开始下雪了，而且广播里的天气预报说这场雪会下很大。这么滑的路，我是不会让您开那么长时间的车回去的。铲雪车不能及时过来清理积雪。"

"可是乔安妮，"老馆长弱弱地说，"明天博物馆还有重要的事情。而且，说真的，我宁肯——"

"不管您怎么想。总之今晚您不可以离开这里，就这样。"

"乔说得对，您也知道。"克里斯托弗·芒福德插话道，"总之，沃尔科特叔叔，您就不要再挣扎了。现在的乔安妮可跟以前不同了。您就听她的安排吧，嗯？"

"您请自便吧，"姐姐埃伦说道，"哦，老天，我为什么要回家来呢？有谁想吃点儿东西吗？"

1月6日

雪下了半宿。克里斯托弗·芒福德从厨房的窗户往外望，大地是白茫茫的一片，如同一张旧床上蒙了一张新床单。从温室那边一直到树林，周围的一切都沉睡着，光秃秃的，只有针叶树林依旧绿油油地屹立在那里。

这时，他身后传来一阵锅碗瓢盆碰撞的声音和肉被煎烤而发出的嗞嗞声，那温暖的氛围如同炊烟一样笼罩着他。这些声与味的制造者正是乔安妮。自从妈妈去护理病人，乔就接管了做饭和其他家务。克里斯则主动认领了准备早饭的任务。

晨间的时光并不适合憧憬与幻想，因为天气十分晴朗，周围的气味又那么真实——憧憬与幻想通常应该在黑漆漆的夜里进行，听着屋外的风声，夹杂着门咯吱咯吱的声音。然而乔和克里斯后来成为恋人时都同意，在这样的时刻发生可怕的事情，才是最为恐怖的——噩梦伴着煎肉的气味悄然降临到这个清爽的早晨。

克里斯托弗·芒福德从窗边回过身来，刚想开口说些俏皮话时——就在他张开嘴的一瞬间——传来一声尖叫。不知道的还以为是他发出来的，后来才意识到是巧合。那声尖叫来自歇斯底里发作的女人，而且是从楼上传来的。尖叫声很猛烈，一声连着一声。

乔手拿着长叉站在厨房灶台前愣住了，随后喊道："妈妈！"紧接着她扔掉叉子就往门廊跑去，就像厨房着火了一样。克里斯跟在她后面。

此时，沃尔科特·索普正站在走廊里，像一只上了年纪的老鹳一样，抬起一只腿穿他的胶靴，原来，他正准备回康恩海文去。只见这位馆长呆呆地站在那里，凝视着楼梯的方向。玛格丽特·卡斯韦尔的身体从楼上的楼梯口悬出来，她一只手伸出栏杆，另一只手捂着喉咙。

一看见乔和克里斯托弗·芒福德，芒就立即喊道："他死了，他死了。"随后她就像电影中演的那样慢慢倒了下去。乔安妮一个箭步从老索普身边蹿过去，趁妈妈摔倒之前将她拽住。克里斯托弗·芒福德也跟着跑上楼，恰好在楼梯转角台那里遇到姐姐。

"怎么回事？"埃伦喊道，只见她穿着一条匆忙披上去的睡袍，"到底发生了什么？"

"肯定是爸爸出事了。"克里斯托弗·芒福德从她身边闪过，之后回过头来喊了句，"快点儿，埃伦！我可能需要帮忙。"

到了楼下大厅，沃尔科特·索普终于缓过神来，只见他蹦跳着往电话旁跑去，一只没扣好的橡胶靴子啪啪作响。接着，他在一个经常用的本子上找到了法纳姆医生的电话，拨了过去。医生正在莱特镇中心医院进行早班查房，说这就赶过来。索普挂掉电话，之后盯着它看了一会儿，随后拨通了接线员的电话。

"接线员你好，"他哽咽着说道，"请帮我接通警察局。"

警察局局长安塞尔姆·纽比小心翼翼地将电话放了回去，仿佛唯恐惹恼了它，被它像狗一样反咬一口。接着，他那近乎纤瘦的身子从书桌上探过来，一双冷峻的眼睛死死地盯着眼前的访客。那双眼睛呈现出钴蓝色。此时，这位访客正后脑勺枕着双手，闲若无事，猛然感觉自己的存在有些不受待见，有些莫名其妙。

"埃勒里，"纽比长官说道，"你为什么不回纽约去呢？"

埃勒里坐了起来，眨着眼睛说："您这是什么意思？"

"意思就是回你该去的地方，"长官用一种怨恨的语气说道，"回家去吧，好吗？"

这话说得他十分委屈。埃勒里心想，家是心所属的地方。这么多年了，他一直对莱特镇有着某种特殊的留恋。他偶尔会随着性子来这里逛逛，昨天才到。当然了，今天一大早，他最先来到县法院大楼的警察局总部来看局长。

"这是，"埃勒里问道，"怎么回事？我们刚才还好好的，回忆过去的事，气氛再融洽不过了，温暖得就像被套在一个茶壶袋里。一瞬间我怎么就成了不受欢迎的人？看来是因为这通电话。到底发生了什么？"

"他妈的，埃勒里，每次你一来莱特镇，就有重案发生。"

埃勒里叹了口气，已经不是第一次有人这么控诉他了。在纽比上任之前，那个尖酸刻薄的北方佬——戴金局长——就这么不高兴地指责过他。他心想，看来这口锅还得继续背下去，也罢。

"这次是谁？"

"他们刚刚发现戈弗雷·芒福德出事了。他是沃尔科特·索普的朋友，沃尔科特·索普在电话里向我报案说芒福德被杀了。"

"老芒福德？那个菊花王？"

"正是。看来，只能邀请你跟我一同前往了，除此之外别无他法。你有空跟我一起去吗？"

这位奎因先生缓缓起身。尽管不太愿意，但他确实有空。他在莱特镇的每一次破案事迹都会在事后被这里的人们津津乐道。

"走吧。"这个莱特镇的年深日久的扫把星说道。

克里斯托弗·芒福德正穿着一身防雪服准备从前门出去，跌跌撞撞地碰到了乔安妮。此时的她正蜷坐在第二级台阶上，双手抱着膝盖。乔虽然没有哭，但眼睛红红的，看上去很伤心。

"你需要呼吸些新鲜空气，"克里斯托弗·芒福德说道，"出去走走怎么样？"

"不了，克里斯。我现在不想出去。"

"我正要去温室那边转转。"

"去那里干什么？"

"你跟着来就知道了。"

于是，他伸出手去。她思考片刻之后，拉着他的手站起身来，说："我去穿件衣服。"

接着，两人就手牵手往温室那边走去，在厚厚的雪地里留下两行脚印。后来，两人又回来了。

"你注意到了吗？"克里斯托弗·芒福德一脸严肃地问道。

"注意？什么？"

"雪。"

"怎么能没注意到呢，"乔安妮说道，"我一只鞋的鞋尖上就沾了点儿雪。"

"我是说痕迹。"

"什么意思？"

"我是说没有任何痕迹。"

"有啊，"乔说道，"有两排呢。是我们刚刚留下的。"

"对。"

"哦，别学书中那些人说话了，好吗？"乔生气地说道，"你到底想说什么？"

"我们留下了两排脚印，"克里斯托弗·芒福德说，"是刚刚留下的。除此之外再没有别人的。那凶手的脚印呢？"

"哦！"乔失声说道，紧接着又发出一声恐惧的"哦"，声音颤抖得仿佛一根即将要碎裂的小冰柱。

两人站在那里，注视着彼此，乔像个被遗弃的惊恐的孩子，瑟瑟发抖。

他张开双臂。她靠在他的臂弯里。

埃伦过来开门。她先是停顿了一会儿，随即恢复了高傲的架势，这么说吧，简直就是拿出了大英帝国的气势。安塞尔姆·纽比局长进来了，埃勒里跟着他。

"你就是警长啊。"埃伦说道，"我上次回莱特镇的时候，还是戴金在位。"

纽比一听这话便有些不悦，就连埃伦·纳什都意识到了。在安塞尔姆·纽比看来，警长是很小的角色，就像新英格兰那些破败的小乡村里遍地都长着的那种干枯的瘪土豆。

"是局长。"他纠正道。平时，他都是很有职业素养的，话语很轻柔，但偶尔也会有放狠话的时候。很明显，他今天就没有留情面，而且犀利的话语直接针对她，显然在她脑海里留下了印记。"我是纽比。这位是埃勒里·奎因，他也不是什么警长。请问阁下是？"

"纳什夫人——埃伦·芒福德·纳什，芒福德的女儿。"埃伦赶紧说道，"我是在度假期间从英国回来的。"说最后这句话的时候，埃伦带着些许的不服气，甚至可以说是骄傲，像在拿日不落帝国给自己撑腰。这使得纽比用他那双矿石般的眸子仔细打量了她一番。

埃勒里明显地感觉到了女人那掩盖在高傲气势之下的紧张，

同样，门廊里站在她身后的那些人也感受到了。这时，埃勒里简单地扫视了一下对面的几个人，经验丰富的他很快就对这些人有了大致的了解。看得出来，那个帅气的年轻人显然就是这位亲英派人士（喜欢说"警长"这个词）的弟弟。此刻，他正拉着旁边那位姑娘的胳膊，而且，显而易见，这位弟弟对这个面带忧伤的可爱姑娘情有独钟。一股熟悉的悲伤之情涌上埃勒里的心头。他心想，莱特镇到底是怎么了，难道每件凶杀案都会牵涉到至少一名天真无邪的少女吗？而她们总是有一种特殊的能力：触动人心。

随后，他的目光落在了那位满头银发的女士身上，看样子，她很疲惫。紧接着是那个身材矮小的老绅士，看他粗重的眉毛，还有那身陈旧的打扮，毫无疑问，这位就是沃尔科特·索普。就是他在电话中跟安塞尔姆·纽比报案说发现了死者尸体。看样子，纽比认识索普。两人握了握手，索普有些心不在焉，心思似乎在别处——其实，他是在想楼上的事。

接着，局长跟大家介绍埃勒里，看来，有人知道他。他自己倒是觉得没有人认识的好。然而在莱特镇这个地方，他每次不巧遇到凶杀案，都会引人注意，让他老大不情愿。

"几周之前，罗奇和琼·福勒聊过你的事。"乔安妮嘟囔着，"奎因先生，听他们说，在碰到这种事情时，您就会燃起斗志，锲而不舍。还记得吗，克里斯，他们当时有多么赞不绝口？"

"当然记得。"克里斯托弗·芒福德阴沉着脸说道，之后便没再说一句话。埃勒里看了他一眼，随后只说了句："哦，你们认识福勒？"接着，局长继续把他介绍给埃伦。

"哦，就是那位奎因先生啊。"埃伦说道。从她那高昂的鼻孔来看,埃勒里可以发誓自己散发出了一种不擅社交的气味。之后,她也没再说什么。

"那么,"局长一语切入正题,急切地说道,"尸体在哪儿?有人通知医生过来吗?"

"我通知过了,给您打电话之前就通知了。"沃尔科特·索普说道,"他正在戈弗雷的卧室里等您。"

"上楼之前——"埃勒里提议说,大家都惊了一下,"——你们能不能告诉我们,尸体是怎么被发现的,诸如此类的信息?让我们了解一下情况。"

于是,大家将情况详细叙述了一遍,一直讲到给警察局打电话报警。

纽比点点头:"说得够清晰了。我们走吧。"

于是,一行人上了楼,玛格丽特·卡斯韦尔在前面带路,纽比和埃勒里紧随其后,其他人在后面。

老人正躺在床边的地板上,仰面朝天,眼睛瞪得大大的,眼神中是那种面对死亡时的焦虑不安。睡衣前面有一团凝结了的血迹,刀子插在胸口,出血量较少。那是一把黑柄小刀,看上去像用镍镀了一层,从心脏的位置刺进去,刀柄露在外面。

"嘿,康克[1]。"埃勒里一边看着尸体,一边对医生说道。

"埃勒里,"法纳姆医生回应道,"你什么时候来的?"

"昨晚。和往常一样,碰巧赶上了。"埃勒里依旧盯着那个死去的人,"莫莉怎么样了?"

---

[1] 康克林的昵称。

"还是那么美丽动人——"

"别叙旧啦,"纽比生气地说道,"医生,您从专业的角度怎么看,他是什么时候被杀的?"

"凌晨4点到5点,极有可能如您所料,是在雪停之后。"

"说到雪,"埃勒里抬起头说道,"我开车过来,在周围看到两排脚印,是谁留下的?"

"乔安妮和我。"克里斯托弗·芒福德从牙缝里挤出了一句。

"哦?什么时候留下的,芒福德先生?"

"今早。"

"你和卡斯韦尔小姐在周围闲逛来着?"

"是的。"

"那么,除了你和卡斯韦尔小姐的脚印,你看到别的脚印了吗,"片刻之后,埃勒里说道,"芒福德先生?"

"没有。"

"房子周围都没有吗?"

"没有!"

"谢谢,"埃勒里说道,"这个线索很有用,不过,众位女士和先生或许不这么想,我能理解。我的意思是,雪停后没有人出过这座屋子。也就是说,凶手就是这座屋子里的某个人——而且这个人现在就在这里。"

"就是这样的,没错。"纽比局长满脸得意地说道。说着,他仔细地绕着这间屋子走了走,阴沉的目光让周围的一切变得冰冷起来。

"这都得归功于聪明的你,克里斯,"埃伦·纳什恶狠狠地说道,"现在我们都变成嫌疑人了。真是一场该死的闹剧!"

"这话你恐怕说错了,"弟弟忧郁地说道,"我觉得,即使我不发现,也会有别人发现。"

随后是一阵死寂。乔那娇嫩的脸上满是狐疑,大家仿佛一下子意识到了没有嫌疑人脚印这件事意味着什么。埃伦斜眼盯着躺在一旁的父亲,她脸上的表情似乎在说,都是父亲的错。玛格丽特·卡斯韦尔靠在门上,嘴唇无声地抽动着。克里斯托弗·芒福德拿出一包烟来,先是尴尬地举了一小会儿,之后就又塞回到口袋里。沃尔科特·索普嘟囔着,这一切都是不可能的。听他的语气,他似乎是想回到自己的博物馆去,和那些自然"死亡"的文物待在一起。

"那把刀,"埃勒里开口说道,只见他又低头看了一眼戈弗雷·芒福德的尸体,"既然凶手没有带走,纽比,看来它对查案已经没什么用处了。即便上面沾上了指纹,也很有可能被擦掉了。"

"不管怎么样,我们要给这座屋子里的东西包括这把刀上一遍粉末[1],找找痕迹,"局长说道,"大家请不要越过那条门廊……但埃勒里,就像你说的那样,这样也不一定能找到线索。诸位,在昨天一整天加上今天凌晨这段时间里,你们是不是都来过这间卧室?"大家点了点头,他耸了耸肩来回应。

"还有,"埃勒里说道,"我已经好多年没见过这种老式的折叠刀了。有人认识吗?卡斯韦尔夫人?"

"那是戈弗雷的,"芒生硬地说道,"他放在写字台上的。是他很珍视的一件东西,小时候就有的。"

---

[1] 刑侦痕迹检查时会通过涂粉末让痕迹显现。

"他从来不带在身上吗？"

"我只在他的写字台上见过。他对它有着某种特别的感情……经常用它来拆信封。"

"我也会把小时候喜欢的东西留下一两件当作宝贝。大家都知道这把刀吗，卡斯韦尔夫人？"

"家里的人都知道——"说着，她呼吸骤停了一下，发出尖厉的声音。埃勒里觉得这就像急刹车的刺耳声音。不过，他假装没有注意，而是蹲跪下来，从尸体旁边捡起了什么东西。

"那是什么？"纽比局长问道。

"是一本便笺。"法纳姆医生冷不丁开口说道，"之前我提议在床头柜上放这样一本便笺，好记录体温、服药时间之类的信息。看来是芒福德先生翻下床的时候从柜子上掉下来的，他一定是撞到了柜子。我到这里的时候，这本便笺就落在他的身体上。因为要给他做检查，我把它放到了一边。"

"那就没什么了。"局长再次说道。不过这时，只见埃勒里站起身来盯着最上面的那张纸，说道："我不这么认为。难道……康克·芒福德先生中风之后又能动了吗？"

"能动了，"法纳姆医生回答道，"他的恢复状况比我预想的要快，要好。"

"那么，这本便笺就能很好地解释他为何从床上翻下来了，纽比。这也解释了他为何胸口挨了一刀之后没有直接死在原来躺的地方。"

"你怎么这么确定？要知道，人快死的时候经常会挣扎一通。这跟便笺有什么关系？"

"就是因为,"埃勒里说道,"凶手从这里离开后,以为他已经死了,可是戈弗雷·芒福德发现自己还有力气坐起来,之后就伸手到床头柜那边,想要拿笔和便笺——大家应该能在床下找到那支笔以及便笺最上面那张写有用药事项的纸,都是在他放下它们的时候滚到床下的——便笺纸上面一定写了什么。缉凶线索,纽比,就在这张便笺纸上。"

"什么缉凶线索?"纽比突然问道,"让我想想!难道他的瘫痪症不严重吗,医生?还能写字?"

"若是花些力气的话,倒是能够做到,局长。"

死者留下的线索中只有一个词,纽比又读了一遍,像在参加拼读比赛。

"MUM,"他读道,"大写的M、大写的U、大写的M——MUM。"

随后,屋子里鸦雀无声,大家都在想这个词的含义。很明显,绝不是普通的字面意思。

MUM。

"戈弗雷到底是什么意思?"沃尔科特·索普感叹道,"人都快死了,还写了这么个怪异的东西!"

"索普先生说得对,怪异,"埃勒里说道,"就是这个感觉。"

"我可不这么觉得,"局长咧嘴笑着说道,"这没什么怪异的,埃勒里。并不是我肤浅,相信眼睛所直接见到的东西,但如果有简单而明了的原因,为什么要对它视而不见呢?镇子里的人都知道,这里的卡斯韦尔夫人被称为'芒',而且这个称呼已经有25

年的历史了。如果戈弗雷是想说她是凶手,那么,整件事就很明了了,便笺上说的就是她。不要再多此一举了,埃勒里——这件事简单而直接。"

"什么……什么鬼话!"乔安妮跳到妈妈的身边,厉声喊道,"妈妈深爱着戈弗雷姨父。你知道你是个怎样的人吗,纽比局长?你是一个……你就是一个傻子!对不对,奎因先生?"

"这我倒是要考虑考虑。"奎因先生盯着那本便笺说道。

1月9日

虽然这样说会有损奎因先生的名誉,但有件事一定得交代清楚,在莱特镇,他有着专业访客之名。20多年过去了,他只给霍利斯酒店贡献了微薄的房费,而且每次都好像刚一办完入住,就得办退房。这里要替他说一句,不是他想省钱,单纯只是因为他似乎有某种天赋,能轻而易举地混入莱特镇人的家庭生活中,结果就自然而然地被邀请到莱特镇人的家中。

这一回,邀请他在芒福德家中暂住的是那位有些忧郁的克里斯托弗·芒福德,原因就是乔安妮坚持要他这样做。乔的用意再明显不过了。对此,埃勒里是有自知之明的,他知道,这跟风花雪月之事没有任何关系。因为纽比局长怀疑她的母亲,所以,乔想找个同盟,她不仅想让埃勒里在道德上支持她,还想随时随地都留他在身边。

所以,在1月9日早晨,埃勒里去霍利斯酒店前台结了账,为了保持平衡，他两手都拎着行李，步履轻快地朝广场的西北角走去。他穿过北戴德街，转而经过莱特镇国家银行、市政厅以及公墓门口的男孩儿纪念碑，最后终于到了县法院大楼侧门。他在警察局总部停留了一段时间，在纽比局长那里变更了一下通信地址，得知这一消息后，局长只是不怎么热情地点了点头。

"指纹的事有进展吗？"埃勒里问道。

"所有人的指纹——我们发现，所有人的指纹都能在卧室里找到，但那把刀上就是没有，被擦得干干净净。"纽比吼道，"谁能想到，像芒·卡斯韦尔这样一个貌似善良的矮个子管家居然知道怎样清理自己的指纹？或者说，她是戴着手套作案的？"

"既然你这么确定是她杀了芒福德，为什么不逮捕她呢？"

"证据呢？就凭那个MUM？"局长说着举起双手，"假如那家伙请辩护律师的话，肯定会在法庭上拿这个说事，把这个证据说成一摊烂糊糊。埃勒里，一定要帮我找到线索，好吗？"

"我会尽力的。"埃勒里说道，"不过，不是为了你。"

"什么意思？"

"我在乎的是真相，安塞尔姆。而你，在乎的是眼见的事实。"埃勒里说道。

没等纽比回应，他就转身离开了。

埃勒里叫了一辆出租车，令他没有想到的是，这个司机他居然不认识。接着，他就乘车（绕过广场）回到街口宽敞、路面平坦的道富街上，之后就到了镇子上最为古老的街区，那里的房子都是殖民地时期造的，挂着黑色百叶窗，周围几百年历史的树荫里是一片片起伏的草坪。没多久，他就按响了芒福德家的门铃。

那正是芒福德葬礼后的第二天，大房子里的气氛依旧阴沉。种在小温室里的菊花从8月末开到了10月，从他所珍爱的菊花的外表和香味里，似乎依旧能感受到老人的影子。

乔安妮高兴地叫了一声，随后让他进来。

她将他安置在楼上一间天花板很高的卧室里，房间里有一张带华盖的床，还有一件漂亮的邓肯·法福[1]式高脚橱，他一见便喜欢上了。可是后来，乔给他在床头柜的花瓶里摆了一株并蒂菊花，他觉得有些伤感，于是立马下了楼，想换个轻松的氛围。

结果，他发现乔、埃伦和克里斯托弗·芒福德正在书房里，而且很快他就弄明白了，原来自己被邀请前来居住是有原因的，至少埃伦·纳什表现得很明显——她想利用埃勒里特殊的天分做一件事。

"说我们之中有人杀了父亲，这种荒谬的话我实在不能苟同。"埃伦说道，"他一定是被什么疯子、流浪汉之类的人害死的——"

"那雪是怎么回事？"弟弟声音低沉地说道。

"去他妈的什么雪！我现在感兴趣的是爸爸在保险箱里留下的那条价值百万美元的项链，我想把那个保险箱打开。"

"项链？"埃勒里说道，"什么项链？"

于是，克里斯托弗·芒福德将新年前夜派对上的事告诉了他，还将当时戈弗雷·芒福德跟大家说的话转述给他，描述了父亲是如何给大家展示那条皇家项链，之后又将其放回保险箱的。

"他还跟我们说，"克里斯托弗·芒福德用总结性的语气说

---

[1] 美国著名家具工匠。

道,"只有他一个人知道密码。他说他会将密码写给我们。可惜我们还没有开始找。"

"我找了。"埃伦说道,"可是没找到。所以呢,奎因先生,您待在这儿也别浪费时间了,给我们展示一下您神探的本领怎么样?像找密码这种小事对您来说应该很容易,您不可能找不到而眼看着自己的名声受损吧?"

"我们现在非要谈论这种事吗?"乔问道。

"不会花很长时间的,卡斯韦尔小姐。"埃勒里说道。其实,他心里是这样想的:或许,那件价值百万美元的珠宝跟某人拿戈弗雷儿时那柄刀刺死他有关。

找东西是埃勒里的强项,但这一次他却失败了。死者家属跟在他身后,他们在一些很容易想到的地方忙活了一个早上。然而跟爱伦·坡笔下那封失窃的信[1]不同,密码压根儿就没找到。

后来,他们吃过午餐,又到一些不太可能的地方找了找,紧接着整个下午就过去了,大家筋疲力尽。直到后来,到了晚饭时间,大家围坐在一起讨论其他可能存放的地方,即便是几乎不可能的地方也谈到了。奎因先生身为侦探的名誉就这样受到了质疑,至少现场的某个人是这样想的。奎因先生的气势也就很明显地弱了下来。

晚饭过后,埃伦提议再去之前找过的文件里找一找。埃勒里则

---

[1] 指美国侦探小说、恐怖小说大家埃德加·爱伦·坡于1844年出版的短篇侦探小说《失窃的信》。

勇敢地提醒自己，虽然之前没能成功，但依旧可以"曲线救国"，于是，他把克里斯托弗·芒福德拉到一边。

"我觉得，"埃勒里说道，"不如直截了当地解决问题。也就是说，直接去保险箱那里。能告诉我那该死的东西在哪儿吗？"

"你想干什么？"克里斯托弗·芒福德问道，"把保险箱炸了？"

"没这么简单。就是想试试拨号盘，跟那个吉米·瓦伦汀[1]差不多。"

"他是谁？"

埃勒里苦着脸说道："不知道算了。"

克里斯托弗·芒福德将他带到客厅，打开灯，然后走到那幅画着菊花的画前，将画推到一边。紧接着，埃勒里的手指开始跳动起来，就像小提琴家在正式演出前做准备一样。

他研究了一番。保险柜的门10英寸[2]见方，中间是一个直径约6英寸的旋转拨号盘。拨号盘的圆周上等距离地刻有凹槽，凹槽里是1～26共26个连续的数字。此外，在拨号盘周围，埃勒里发现了一圈窄环，环的正上方是一个没有编号的凹槽，那是在开保险箱时用来校准密码的。

拨号盘正中间有一个大大的球形把手，直径约是拨号盘的一半，把手上印着制造商的徽标——看那轮廓，大概是锻冶神伏尔甘的头像。把手边缘处印了一圈制造商的名字和地址：VULCAN

---

[1] 欧·亨利短篇小说中撬保险柜的盗贼。——译者注
[2] 1英寸合2.54厘米。

SAFE & LOCK COMPANY, INC. NEW HAVEN, CONN.（伏尔甘保险器材有限公司，康涅狄格州，纽黑文）。（见正文第2页图一）

保险柜的门是锁着的。埃勒里摆弄着拨号盘，耳朵像电影中的大盗一样竖起来听着。结果一无所获——至少，保险柜的门没有丝毫反应。这时，埃伦走进客厅，看样子有高兴事，乔安妮一脸不屑地跟在后面。

"哦，女士们，"心里有些窝火的埃勒里试着掩饰自己因失败产生的懊恼，"你们找到打开这个顽固小家伙的密码了吗？"

"没有，"埃伦说道，"但是我们找到了这个，或许能给我们什么启示。"

埃勒里拿过那张纸。原来是保险柜的发票。

"是9年前的。"他鼻子有些发痒，于是用手捏了捏，"你们之前跟我说过，他去过东方国度，这保险箱一定是他回来之后立刻就买的，那个时候他已经有了那条皇室饰品项链。也就是说，这个保险箱是为了装项链特意买的。再看发票明细，上面有同样的制造商名字以及地址，还有简明扼要的说明：保险箱根据您的要求定制。"

"就是它。"克里斯托弗·芒福德说道，"没有疑问了。"

"这个很重要吗，奎因先生？"乔不由得问道。

"很重要，卡斯韦尔小姐。就在我拼命动脑筋摆弄这东西的时候，你们居然发现了宝藏。"

"这一点你倒是比我看得明白，"埃伦说道，"那么，我们接下来怎么办？"

"耐心点儿，纳什夫人。克里斯，我想让你去一趟纽黑文，去那家保险器材公司看看，尽量掌握一切有关这个型号机器的信息——包括原始订单的细节信息和货单附带的特别说明——对了，再查看一下价格，我觉得这个价格似乎有点儿高。还有，伏尔甘公司或许有密码的备案，如果那样的话问题就简单了。如果他们那里没有，那就找个专业人士回来，我们准备强制打开保险箱。

"与此同时，你们两位女士还得继续找密码。家里的所有房间都不能放过，包括温室。"

1月11日

克里斯托弗·芒福德从莱特镇机场出来，乘坐出租车回家，接下来便引起了一场轩然大波。乔从厨房飞奔到门厅，芒跟在后面。埃伦三步并作两步从楼上下来。埃勒里则一个人在屋外的一片红杉树与桦树林中散步。乔安妮赶紧穿上靴子和方格大衣，家里人派她去找他。

不多会儿，大家在客厅集合，从克里斯托弗·芒福德的表情上来看，应该没什么好消息。

"简单说吧，"克里斯托弗·芒福德告诉大家，"伏尔甘保险器材有限公司已经不存在了。工厂及其一应文件资料也都在1958年的一场大火中被烧毁了。从那以后，公司就再没运营过。备受煎熬的各位，抱歉，我什么线索都没带回来——一无所获，甚至连跟保险箱相关的购买信息都没有查到。"

"那么价格呢，"埃勒里皱着眉头问道，"去查价格了吗？"

"是的，查过了。我的意思是，你说得没错。他买保险箱的那一年，他在这个保险箱上所花的钱相当于类似大小与型号保险箱的两倍之多。真有趣，父亲居然会吃这种亏。没错，在律师事务所这件事上他有些大意，但他依旧是一个精明的生意人，在弄那些菊花之前，他可是凭借袋装种子买卖赚了几百万美元。"

"克里斯，你爸爸的商业见识没有问题，"埃勒里说道，"完全没有问题。"他的眼神立刻转开了。

埃伦对自己已故的父亲意见很大，而且她觉得，父亲那种头脑简单的基因遗传给了儿子："你至少应该想着带回来一个专业人士，把那个破东西打开吧？"

"没有，不过我联系到了纽黑文的另一家保险器材公司，只要我一个电话，他们就可以派人过来。"

"那就打呀。现在就打个远程通话。你难道是傻子吗？"

克里斯托弗·芒福德听了，耳朵唰地一下红了，看上去有点儿可爱："那你呢，我的姐姐？你就是个贪婪的小恶鬼。你一心想要把那项链弄到手，甚至丧失了你本来就不多的涵养。你已经等了这么久，就不能再等几天吗？父亲现在尸骨未寒。"

"拜托。"芒嘟囔着。

"拜托！"乔喊道。

埃勒里的思绪被这姐弟俩的对话打乱了，只见他站起身来："或许现在不用给谁打电话。你们的父亲死前不是留了线索吗？MUM。纽比局长认为那是戈弗雷留给大家的凶手身份信息，也就是指这里的芒·卡斯韦尔。可是，如果戈弗雷想通过这种方式指认凶手的话，为何要写MUM呢？MUM可以有很多种不同的意思，我一时半会儿还不想去研究这么一大堆意思。如果这代表的是一个人的身份,那着实有些令人摸不着头脑。如果他想说的是卡斯韦尔夫人,可以直接写下她名字的首字母缩写MC。如果他想指认的人是乔安妮或者索普先生,可以写JC或者WT。如果是他的儿女,可以写儿子或是女儿,或者是他们名字的首字母。其中的任何一种方式都更为明确,也不容易被误解。"

"我倒是宁愿相信这样的解释,"埃勒里继续说道,"那就是,戈弗雷写的这个MUM指的不是凶手。我将以此为假设继续我的调查。"

"现在听好了。他答应要留什么给你们?他唯一一笔可观的财产放在保险箱里,他答应要留给你们密码。所以,他死前留下的线索应该是跟保险箱的密码有关。如果真是这样,我们倒是可以验证一下。"

于是,大家都来到画前,他把画放到一边。其他人拥在一起,跟在后面,都入迷了。

"先要研究一下这个拨号盘,"埃勒里说道,"你们说呢?26个数字的凹槽。26代表什么呢?字母表上的26个字母!"

"那我们就把M-U-M转换成数字。M是字母表上第13个字母,U是第21个。密码就是:13-21-13。那么首先,我们把拨号盘转个几圈,也就是说,让它归位。之后,我们把数字13拨到校准仪那个凹槽里,然后先试着向右转,把21拨进去,然后再往左——拨号盘的方向通常都是这样交替的——回到13。"

埃勒里停顿了一下。见证奇迹的时刻就要到了。大家在他身后一动不动,屏住呼吸。

只见他抓住把手,轻轻一拉。

咔嗒一声，保险箱那厚重的门一下子开了。

胜利的喜悦让大家一下子叫出声来！不过随后惊叹声又烟消云散了。

保险箱是空的，什么都没有。没有项链，没有珠宝箱，甚至连张纸片都没有。

当天的晚些时候，埃勒里信守自己的承诺，去警察局向安塞尔姆·纽比报告有关保险箱的事，并说明保险箱已经空了的事实。

"那你有什么收获呢？"局长低吼道，"一定是有人杀了那个老人，开了保险箱，把项链偷走了。这并不能推翻我的猜测，而是让我们掌握了凶手的动机。"

"你这样认为吗？"埃勒里收紧了下嘴唇，"我可不这样想。从大家的证词来看，戈弗雷告诉他们，只有他自己知道密码。难道是有人在我之前破译了M-U-M的含义，把保险箱打开了？从理论上来讲有这种可能，但我觉得可能性不大，请允许我自大一下。根据M-U-M想到13-21-13是需要经验丰富的联想的。"

"好吧，那会不会是这样，"纽比争辩道，"有人那晚半夜偷偷溜到楼下，侥幸把保险箱打开了。"

"我可不相信谁会有那样的运气。而且，如果那样的话，说明他们其中的某个人演技超棒。"

"他们之中有人是演员。"

"可我觉得他没有什么演技。"

"或者有可能是'她'——"

"我们还是不下断言地称呼此人为'他'吧。"

"或许,是他逼着戈弗雷把密码说出来,之后才行的凶。"

"那就更不可能了。所有人都知道,戈弗雷瘫痪了,说不了话,即便他恢复得不错,语言功能的恢复也往往是最晚的。所以,谁都不会指望他能突然讲话。难道是凶手拿刀威胁他写下密码?如果是这样,戈弗雷也太愚蠢了。虽说他的女儿觉得他有些蠢,但他看起来可一点儿也不蠢。他心里一定很清楚,一旦将密码告诉凶手,自己就只有死路一条。"

"但是不得不说,"埃勒里皱着眉头说道,"我们不能排除这些可能性。而它们拼凑到一起还是有点儿分量的,足以让我相信一件事,那就是,凶手之所以要了芒福德的性命,是想尽快继承那条项链,而不是偷。等凶手离开后,芒福德才写下了MUM。"

"你说得不错,"纽比局长咧嘴笑道,"但还有一件事。"

"什么事?"

"如果凶手没有偷走项链,那它去了哪里?"

"这个嘛,"埃勒里愁眉苦脸地点点头,"你说得没错。"

"我并非有意和你争辩,你在查案上确实比我有能力,"纽比哼了一句,"但是你得承认,你有意撇开最为明显的线索。没错,你将戈弗雷写的M-U-M破译成13-21-13这个密码。但这跟他在便笺上写下MUM的原因有什么关系呢?他视菊花如命,所以说,会自然而然地用MUM[1]来作为密码。但与此同时,他在便笺上写的MUM也很有可能是别的意思。我依旧认为他是想指认凶手。当你知道有这样一位跟MUM密切相关的嫌疑人,而且此人被称为MUM

---

[1] 菊花在英语中的简称为MUM。

时,你还想要什么线索呢?"

"这条线索指向的可不只是芒·卡斯韦尔。"

"怎么说?"

于是,埃勒里启动推理思维,就刚才纽比所说的那个词,开始了一通解释。

"你说他视菊花如命。我认为,用MUM来作为缉凶线索太奇怪,也太不可思议了。MUM是他这个人本身的符号。在菊科植物领域,他是有名的园艺学家。那位老人身边的东西都是和MUM相关的,从温室里的花到那幅油画,还有各种版画和雕刻、珠宝,天知道他家里有多少跟这相关的东西。MUM是芒福德所用的一种徽标。我经过一番观察发现,他的文具上都有菊花,还有钱包上,车上,前门的铸铁上,就连家里的模型和门把手上都雕着菊花。而且你难道没有注意到,他的衬衫上也绣着菊花,而不是他的名字?还有,请原谅我这么说,就连那把夺走了他性命的刀,戈弗雷小时候玩的那把刀——请允许我这么猜想——不知道他小时候用它玩过多少次抛刀游戏[1]呢?这是不是很讽刺?"

听了这么一大番定论般的夸张解释——也就是宇宙飞船升天那般大跨度的异想天开——局长不禁发出一声叹息。埃勒里自信满满地站起身来。

"纽比,情况就是这样。还有,有一项调查我还没来得及去做。保险箱密码的事转移了我的注意力。我打算明天一早去完成这项调查。"

---

[1] 抛刀游戏(mumblety-peg)这个词中含有MUM三个字母。

1月12日

埃勒里凭借客人的身份从芒福德家借了一辆车,第二天早上,还没等大家起床,他就下楼了。经过前厅的桌子时,有件东西引起了他的注意——银托盘里放着的一封信。

奎因先生生平最爱管闲事了,于是便停下来看了一眼。原来是一个廉价的信封,上面既没贴邮票,也没有邮戳,字迹一看就是在模仿孩童稚嫩潦草的笔迹。

信封上写着:埃勒里收。(见正文第2页图二)

他既惊又喜:惊的是,这封信的到来太过出乎意料了;喜的是,他正需要一个新的调查突破口。于是,他撕开信封,从里面拿出一张廉价的便笺纸来。

笔迹同样是伪造的:

12/1/65
  MUM的确是缉凶线索。如果你胆敢把你知道的事情说出去,我就把你也杀了。

没有落款。

难道这是一个新的突破口吗?看来并不是。它只让事情变得更加扑朔迷离。看来这个写信的人性格特点不算罕见——一个喜欢多嘴多舌的凶手。但是,他埃勒里到底"知道"什么呢?他热忱地希望自己能知道点儿什么。

接着,他开始琢磨起来,随后越想越开心。因为很明显,凶手觉得他知道了什么内幕，威胁到了自己。一种情绪正在发酵，恐惧——凶手的恐惧——会像黏糊糊的药剂一样噎住他。

埃勒里将信放回到口袋里，之后就出去了。

他开着旅行车前往康恩海文，目的地是梅里马克大学。到了那里，他找到学校博物馆。博物馆的外形如同墓穴，到了主办公室以后，早就有人在那里等他了——他提前打过电话——那人就是沃尔科特·索普。

"您的到来可是让我紧张坏了，奎因先生。"馆长用他那又干又薄的手握着埃勒里的手说道，"我有些坐立难安哪。您不是一直忙着戈弗雷被杀的案子吗，怎么想到我了？"

"因为你是嫌疑人啊。"埃勒里说道。

"当然！"索普赶紧补充道，"我们大家不都是嫌疑人吗？如果说我有什么可疑的行为，那也纯属人的自然反应。"

"这也正是问题所在，或者可以算是其中一个问题吧。"埃勒里笑着说道，"我了解一个人与别人在进行正面对峙时所产生的负罪心理，甚至无辜的人也会如此。不过，我不是因为这个来的，所以不用担心。博物馆对于我来讲就像孩子眼中的马戏团。介意带我去您的博物馆转转吗？"

"哦，可以。"索普终于露出笑脸说道。

"我对您这个领域非常好奇。是西非，对吧？"

听了这话，索普笑得更灿烂了。"我的朋友，"沃尔科特·索普说道，"跟我来吧！不，这边请……"

于是，接下来的1小时里，埃勒里真正见识了这位馆长渊博的知识。而埃勒里的兴趣也绝不是装出来的。他对文物和古人类学有着浓厚的兴趣（或许，这也属于一种侦查吧，只不过是针对不同的领域）。他对索普介绍的古器物很着迷，据说那是从苏丹西部和塞内加尔河流域的卡伊地区挖掘出来的。此外，还有一些神像、守护神的雕塑、崇拜物、面具、小饰物，还有曼德人[1]用来驱赶邪恶力量的棉头巾。

埃勒里津津有味地听着朝他涌来的知识。终于，他打断馆长那冗长的演说，好请馆长拿一大张纸来让他做笔记。于是，馆长暂且作罢，去给埃勒里拿博物馆专用的纸。埃勒里等着做记录，其间只好依依不舍地将注意力从非洲黑暗的部落主义中抽离出来。

博物馆专用纸的抬头是两行字。上面一行是博物馆名字的首字母缩写，下面一行则是博物馆的全名：梅里马克大学博物馆。

他定睛一看，上面的那行字是：MUM。

索普说有点儿事失陪一下。埃勒里将纸折好，上面记了些可有可无的东西，紧接着，他把早上从托盘里拿到的信从口袋里拽出来。他刚想把这张纸塞进信封里，猛然发现上面写得很潦草的称呼语有问题。

To Ellery（埃勒里收）

不，不对。

To没有错，是Ellery（"埃勒里"）这个词有误。最后一个字

---

[1] 西非的族群。主要分布在西苏丹热带草原，部分散居在上几内亚热带森林地区。

母的"尾巴"拖得很长，为此，他看错了。仔细一瞧，原来最后面的两个字母ry根本就不是ry，而是"尾巴"很长的字母n。

所以，应该是"埃伦收（To Ellen）"。

原来，知道内情的人是埃伦，威胁到凶手的人是她。

这时，沃尔科特·索普回来了，他震惊地发现来访的这位客人手一拍脑门，把一封信塞到口袋里，紧接着就招呼也不打地冲了出去。

随后，埃勒里跳进车里，车朝着莱特镇芒福德家的方向疾驰而去，途中但凡是阻碍他行程的事物都被他骂了一遍。终于到了目的地，他把车往车道上一停，咔嗒咔嗒地从玛格丽特·卡斯韦尔身边跑过去，这可把她吓坏了。紧接着，他迈开两条大长腿，三步并两步地上了楼。

再后来，他忽地一下闯进埃伦的房间。

此时的埃伦正靠在大型落地窗旁的躺椅上，穿着垂感很好的睡衣，仿佛庚斯博罗[1]画作中的人物。她正品尝着巧克力热饮——即便情况再紧急，埃勒里依旧能够注意到这些细节——装热饮的杯子应该是骨瓷的护须杯[2]。

"您这样突然闯进来，"埃伦用一种"本小姐不高兴了"的语调说道，"我是不是应该感到受宠若惊呢，奎因先生？"

"抱歉，"埃勒里喘着粗气说道，"我原本以为你有可能死了。"

---

[1] 庚斯博罗（Thomas Gainsborough，1727—1788），英国肖像画家、风景画家。
[2] 一种有特殊设计的杯子，杯沿里边有一条横隔，可以防止胡子浸到杯子里。——译者注

听了这话,她那陶瓷般的蓝眼睛更蓝了。只见她把古董杯放到茶几上:"你是说我死了?"

他将那封匿名信递过去:"看看吧。"

"这是什么?"

"写给你的信,我今早在托盘里发现的,误以为是写给我的,所以就拆开了。真庆幸我拆开了。相信你看过信之后也会跟我有同样的感受。"

她接过信,快速地浏览了一遍。她看完之后,纸张从她手中滑落,擦着躺椅的边飘落到地上。

"什么意思?"她嘟囔着,"我不明白。"

"我觉得你应该明白。"埃勒里弯下腰来对她说道,"你知道的内情威胁到了杀害你父亲的凶手,而且你已经在对方那里暴露了。埃伦,为了你自身的安全,快告诉我是什么事。想一想!你到底知道什么,会引火上身?"

从她的眼中,他立刻看到了明显的恐惧。同时她眼神中也浮现出一种诡秘,眼皮半垂着。

"我不知道你在说什么。"

"要是再隐瞒下去可就太愚蠢了。我们现在可是有个凶手要处理,而且他正变得焦躁。快告诉我,埃伦。"

"我没有什么好告诉你的。我什么都不知道。"她转过身去,"现在,可以请你离开吗?我没有心情跟你开玩笑。"

埃勒里拿回那封信离开了,嘴里叽叽咕咕地骂她愚蠢。此刻,除了之前的承诺,他还要承担起守护这个女人的职责,这活计真是费力不讨好。

埃伦到底在隐瞒什么呢？

克里斯托弗·芒福德正越过松树的树冠望着那淡淡的太阳，嘴里诵念着《雪封》的开篇。

"惠蒂埃[1]，"紧接着，他解释道，"我至今依旧对那个老男孩儿有着一种孩童般的眷恋。"

乔安妮哈哈大笑，笑声像雪橇铃一样："这话像专业人士说的。妙极了。"

"也没那么像。专业人士的就业情况都很稳定。"

"你也会的，只要你努力——真正地付出努力。"

"你这么想吗？"

"当然。"

"知道吗？我也这么想。可惜只是跟你在一起的时候才会这样。"

"听你这么说我很高兴。"

"高兴到想跟我抱抱吗？"

"我还不太明白，"乔安妮谨慎地说道，"你这话的意思，克里斯。"

"你就当是不正式的求婚吧。在我把自己的事情料理清楚之前，我还不想让你感到困扰。你让我有了走进生活的冲动，乔。我觉得，我现在想说的是，我需要你。"

乔在心里微笑了起来。她将戴着连指手套的小手塞到他戴着分

---

[1] 指创作出《雪封》这一诗作的美国诗人。

指手套的手里，两人就这样朝松树林和淡淡的太阳那边走去了。

受埃勒里的邀请，晚饭过后，沃尔科特·索普从学校那边赶过来，纽比局长也从警察局总部过来了。

"怎么回事？"纽比站在一旁问埃勒里，"你想到什么了吗？"

"你呢？"埃勒里问道。

"没想到什么。我可没你那么神通广大。没有什么惊喜要给我吗？"

"真没有。"

"那今晚是什么情况？"

"一团糟。我正打算把这烂摊子甩给他们，看谁能收场——前提条件是有人能做到。"

说着，两人来到客厅，其他人也都在。

"我擅自做主让纽比局长过来，"埃勒里开口道，"因为，我觉得我们需要重新审视一下目前的状况，尤其要说一说那条缉凶线索。"

"当初纽比局长和我第一次在现场发现'MUM'这个词的时候，自然而然地联想到戈弗雷·芒福德是在暗示凶手的身份。进一步的思考却不支持这个思路，至少我是这样。其实，这条线索有很多种解释，我转而想到它可能代表的是保险箱密码。后来发现，这样想虽然没错，但依旧一无所获。保险箱打开了，里面却什么都没有。"

埃勒里稍微停顿了一下，似乎是想到了别的事。不过他仍然仔细地观察着大家的表情,但大家的脸上只有专注与不解。

"后来,我翻来覆去地想了想,又改了主意,"他继续说道,"如果戈弗雷想要告诉我们密码,他会直接写下13-21-13。跟写MUM一样简单省力,而且又不会让人产生误解。所以说,我要回到原来的思路,也就是纽比一直坚持的——这条线索是指明凶手身份的。如果是这样的话,它指的是谁呢?"

说完,他又停顿了一下。这时再观察这些不得不听他说话的人,就会发现,在他说出他的判断之前,大家都表现出了不同程度的紧张。

埃勒里侧眼瞄了一下卡斯韦尔夫人,似乎只有她无动于衷。埃勒里说:"局长一直都觉得那个人的身份已经确定了。当然了,从逻辑上来看,的确有这种可能。"

"简直就是胡扯。"芒说道。说完,她的头便像乌龟一样缩了回去。

"如果是胡扯的话,卡斯韦尔夫人,"埃勒里笑着说道,"那我接下来要说的就是无稽之谈了。可话又说回来,谁能说得准呢?即便某种理论像出自《爱丽丝梦游仙境》那般不可思议,我也不会轻易背弃。还请大家谅解。"

"这个案子打从一开始就展现出了诸多——我找不到准确的词,因此我不得不用一个不那么简明流畅的词来形容——双重性。

"比如,被害人戈弗雷身上就至少有四处这样的特点:他培植出了一种菊花,一根茎上有两个(双重)骨朵;那晚的派对也带有双重意义,既是新年前夜也是他的70岁生日;他买那个保险箱花了正常保险箱双倍的价格;还有他的孩子,埃伦和克里斯托弗·芒福德,是双胞胎,也带有双倍的意思。

"再有,我们可不能忽略本案中最为重要的双重疑点:一,到底是谁杀了戈弗雷;二,那条皇室饰品项链到底去哪儿了。

"此外,还有其他多处具备双重性。如果要将那个词作为指认凶手的线索的话,那么,你们每个人身上都至少有两处特点与MUM相关。"

"比如,埃伦。"埃勒里继续说道,明显把埃伦吓了一跳,"第一,你娘家姓芒福德,而它的第一个音节就是MUM。第二,你跟一位埃及古物学家结了婚。一提到埃及,人们就会想到金字塔、狮身人面像,还有木乃伊[1]。"

埃伦听完,发出了一种带有双重韵味的声音,那是带有嘲笑意味的嘶吼声:"胡说!瞎扯!"

"听上去的确有些胡扯,不是吗?然而这让人越想越觉得奇怪。就拿克里斯托弗·芒福德来说吧。第一,他的姓氏芒福德的第一个音节是如此。第二,克里斯,你的职业。"

"我的职业?"克里斯托弗·芒福德疑惑地问道,"我是个演员。"

"演员又叫什么?player、performer、thespian、trouper……mummer。[2]"

克里斯托弗·芒福德帅气的面容一下子憋得通红,看样子似乎想哈哈大笑,又像被气得冒了烟。后来他想了想还是算了,索性举

---

[1] 木乃伊的英文是mummies,该单词的前三个字母是MUM。——译者注
[2] 以上单词均有"演员"之义。——译者注

起双手表示妥协。

纽比局长觉得有些尴尬:"你是认真的吗,埃勒里?"

"怎么了,其实,我自己也不知道是不是认真的,"埃勒里严肃地说道,"我只是想做一下尝试。接下来便是你,索普先生。"

老馆长立马被吓到了:"我?我身上也有这种特点?"

"首先,你的办公用品上印有博物馆名字的首字母:Merrimac University Museum(梅里马克大学博物馆),也就是M-U-M。其次,你对西非文化及其古器物有着极为特别的兴趣,其中包括神像、面具、饰物、护身符——哦,对了,还有绒头菊花。"

"可这些,"索普冷冷地说道,"跟那个词并没有什么联系。"

"绒头菊花也是菊花的一种,而菊花的学名里带有MUM这三个字母。如果你还想知道两者之间的另一种联系的话,索普先生,是这样的,有一个词可以描述你所研究的这一特殊领域,你知道吗?"

看来,索普那原本渊博的知识也不够用了。只见他摇了摇头。

"就是Mumbo jumbo[1]。"埃勒里严肃地告诉他。

索普一脸惊讶。随后,他略略地笑道:"的确。实际上,这些词都源于克拉森克语,那是曼德人的一个部落使用的语言。多么古怪的一个巧合。"

"是啊。"埃勒里说道,说话的语气再次渲染出了刚才博物馆馆长用笑声破坏掉的气氛,"还有卡斯韦尔夫人。我还得提醒你一下,纽比局长一直都认为那条线索是指向的是你——芒·卡斯韦尔。"

---

1 指巫术、魔神等原始信仰之物。——译者注

玛格丽特·卡斯韦尔的面色稍显苍白:"我觉得,现在不是玩游戏的时候,奎因先生。不过——好吧,我就陪你玩一玩。你说我们每个人身上至少存在两个特征跟戈弗雷在便笺上留下的那个词相关。那我的另一处与之相关的特点呢?"

埃勒里的语气中明显带着歉意:"我发现您喜欢喝啤酒,卡斯韦尔夫人,尤其是德国啤酒。德国啤酒中有一个最为知名的品牌,就叫MUM。"

听了这话,乔安妮终于坐不住了,只见她两手紧攥,生气的样子别有一种令人着迷的韵味。

"一开始我只是觉得这有些不可思议,"乔暴怒,"现在看来,它简直就是愚蠢得令人发指!你是在故意奚落我们吗?那么,我是否可以问一个愚蠢的问题——不过不用想也知道,我得到的两个答案一定也很愚蠢——我跟MUM有什么联系?"

"嗯,"埃勒里哀叹了一声,"你还真是把我给问住了,乔。从你身上,我一处联系都找不到,更别说两处了。"

"不得不说,这可真好笑,"埃伦说道,"我觉得,我们忽略了一件重要的事——那条项链到底怎么样了?"

克里斯托弗·芒福德因为刚刚奎因的表现憋了一肚子火,此刻终于找到了发泄的出口。"重要的事情。"他喊道,"我对目前的状况可以说是摸不着头脑,但是你居然没把追查杀害父亲的凶手这件事放在心上,埃伦?除了那条该死的项链,你难道就不该关心一下别的事情吗?你让我觉得自己像一个以他人的苦难为乐的恶鬼!"

"别给自己脸上贴金了,"埃伦对双胞胎弟弟说道,"你才配不上'恶鬼'这样响当当的名号呢，克里斯。你只是一个十足的浑蛋。"

他气得转过身去，她则带着女王的气势，昂首阔步地从房间里走了出去。走到楼梯那儿时，只听她明确地抱怨了一句："你不是一直都想让爸爸装直梯吗？这样就不用爬这种老式的步梯了。"

"没错，女王陛下！"克里斯托弗·芒福德吼道。

这时，奎因先生对纽比局长小声嘟囔了一句："还真是给我弄糊涂了。仔细观察大家的表现……"

"你，"局长抓过自己的衣服和帽子，咆哮道，"难道是傻子吗，还是蠢货？"

1月13日

那一周的星期天，埃伦原本应该下楼来吃早饭。按照往常的惯例，她会吃一片腌鱼和干面包片（圣餐日那个星期天除外），饭后再端着高教会派信徒的架子，趾高气扬地跟信仰英国国教的礼拜者们一同出去。

然而就在这个星期天的早上，她居然没有出现，着实令人惊讶。

对此，埃勒里觉得很不对劲儿，由于礼节的限制，晚上的时候他不能守在她的床边。于是，他就在玛格丽特·卡斯韦尔的陪同下冲到了楼上，门没有锁，他一脚把那门踹开，闯了进去。

埃伦还躺在床上。他赶紧上前听了听她的呼吸，又摸了摸她的脉搏，使劲儿地摇晃她的身体，接着在她耳边大喊。随后，他开始责怪起她来，怪她不该那么任性，更不该因为任性而不锁门。

"赶紧给康克林·法纳姆打电话！"他对卡斯韦尔夫人吼道。

随之而来的是一阵混乱，情景有些像老式的麦克·森尼特[1]戏剧，着实可笑。法纳姆医生背着他那只黑色的小包一路奔过来（十天之内，他已经来过这里数次了），就此，喜剧的剧情达到了高潮。埃勒里心想，康克肯定觉得自己无可救药地卷入了这一家疯子的滑稽闹剧中，再也无法脱身了。

"安眠药，"医生说道，"服用得有些过量了。不用治疗，她服用得不是很多。她很快就能自己醒过来了——其实，她此刻就能醒过来。"

"一定是床头柜上的这个东西了。"埃勒里咕哝道。

"什么？"

"放了安眠药的东西。"

原来是一杯已经泛起了沉渣的巧克力饮料，几乎是满杯的。

"好吧，就是它，"法纳姆医生用舌尖舔了一口说道，"剂量太大。如果她把这一杯都喝了，埃勒里，恐怕就一命呜呼了。"

"她什么时候能说话？"

"她完全苏醒后就可以了。"

埃勒里打了个响指："抱歉失陪一下，康克！"说完，他从卡斯韦尔夫人身边冲了过去，跑下楼。他来到餐厅，乔、克里斯和沃

---

[1] 麦克·森尼特（Mack Sennett，1880—1960），加拿大喜剧演员，被誉为"喜剧电影之王"。

尔科特·索普都在，气氛沉默而忧郁。

"埃伦怎么样了？"克里斯半起身问道。

"坐下吧。她还好。这一次还好。我们要担心的是下一次。"

"下一次？"

"昨晚她睡觉前，有人偷偷往她的巧克力热饮里放了达到致死剂量的安眠药。除非你们有人认为埃伦有自杀的想法，然而在我看来，她是绝对不会自杀的。还好，她只抿了几小口，因此还活着。但无论想杀她的人是谁，都很有可能会再次出手，而且据我猜测，凶手一定是觉得事不宜迟，越快越好。所以，我们也不能耽搁。昨晚是谁给她准备的巧克力热饮？"

"是我，"乔安妮说道，"不过，热饮是她自己弄的。我当时只是跟她一起在厨房而已。"

"她沏热饮的时候你跟她在一起吗？"

"不，没等她弄完我就走了。"

"当时还有其他人吗，或者周边还有其他人吗？"

"我可不在，"克里斯托弗·芒福德赶紧说道，只见他一边说，一边擦了擦眉毛，不知为何，他的眉毛有些湿了，"如果我想让我时常产生的那些杀了埃伦的冲动成真，我会用一击毙命的东西，比如氰化物。"

大家听完都没有笑。

"你呢，索普先生？"埃勒里眼中闪光，注视着这位馆长，问道。

"我也没有。"矮个子男人结结巴巴地说道。

"那有谁回去睡觉吗？"

"我觉得没有，"乔有些忧虑地说道，"不，我确定没有。因为当时我们刚刚在客厅看完你的那场闹剧。我想说的是，埃伦当时生气地出去了。几分钟后，她又下楼来沏巧克力热饮。当时我们都还在这里，你不记得了吗？"

"我不记得了，因为当时我恰好送纽比局长出去，他驱车离开前，我们在外面简单聊了几分钟。只可惜，我跟普通人一样，不能分身。那埃伦带着热饮直接上楼去了吗？"

"这个我知道，"克里斯托弗·芒福德说道，"我当时在书房平复心情，埃伦跟我说要找一本睡前读物。不过，她只在那里停留了两三分钟。如果我没记错的话，她最后挑了一本你的书走了。"

"或许就是因为这本书，她才很快就睡着了。"乔说道，能听出她说话时是强忍着笑的。

埃勒里听完鞠了一躬表示礼貌，随后说道："这种情况着实不太可能。不管怎样，她都得把热饮放在厨房里两三分钟才行。"

"她大概是这样做了，"克里斯托弗·芒福德说道，"好像我们大家都在周围闲逛，每个人都有可能溜进厨房，往她的杯子里放点儿什么，再编造点儿合理的谎言。你就直接挑明了说吧，是谁想杀她，奎因先生？不过我要为自己说句公道话，我可没干那种事。"

"我也没有。"矮个子沃尔科特·索普结结巴巴地说道。

"看样子，"乔说道，"只有眼前的线索了。"

"这线索，"埃勒里猛然说道，"也太少了吧。"

说完，他就转身上楼去了，刚好法纳姆医生正要走。埃伦醒了，坐起来靠在床头上，完全不像服药醒来后昏昏沉沉的样子。事实上她看起来充满敌意，眼神有些躲闪。

埃勒里上前一顿劝说。

他使出了浑身解数，可无论是苦口婆心的劝导，还是严肃的警告，都劝不动她。刚刚与死神擦肩而过的她仿佛变得越发固执，非要死守心中的秘密。

埃勒里从她口中得到的信息顶多是她从当地一位"配药师"那里拿到了安眠药，以及处方是镇子上另一位医生开给她的，至于名字，她不愿透露。后来，她干脆往床上一躺，把脸转过去对着墙，不再回答他的任何问题。

埃勒里实在没办法，只好作罢，留卡斯韦尔夫人守在那里。

他心想，此刻，还有一个人跟他一样沮丧，那就是给她吃安眠药的人。

晚餐时的交流断断续续。埃勒里摆弄着盘子里的食物。埃伦则是装出一副英帝国那种坚韧不拔的架势，可惜，她的演技不怎么样。埃勒里猜想，她之所以下楼来吃晚饭，不过是因为不敢独自待在房间里罢了。

玛格丽特·卡斯韦尔紧张地坐在那里，似乎在听周围的动静，或许是狗在叫。克里斯托弗·芒福德和乔安妮则对着彼此做着大有深意的眼神交流，宽慰着对方。沃尔科特·索普尝试着讨论一下博物馆最近收纳的富拉族[1]物件，可惜，没有人听他讲，就连出于礼

---

1 非洲的游牧民族。——译者注

貌而做做样子的人都没有，于是，他也陷入了周围这种沉闷的气氛当中。

大家刚想从餐桌上离开时，门铃响了，响声急促。埃勒里一跃而起。

"是纽比局长，"他说道，"如果大家不介意的话，我就让他进来了。请大家移步到客厅吧——所有人。我们还要说一些废话，但却是极为关键的，即便是花费一个晚上，也要查出点儿什么来。"

于是，他赶紧走到前门。纽比将帽子和外套扔到一张挂有饰物的椅子上，但是很明显没有脱套鞋，仿佛是在向大家声明，但凡听到一点儿没有意义的东西，他就立即离开。

后来，大家都聚到客厅，纽比说道："好吧，埃勒里，开始吧。"

"我们就从——"埃勒里说道，"目前的现实状况开始吧。目前的情况是，埃伦，你正处于极度的危险当中。我们并不知道其中的缘由，但必须弄清楚。只有你能告诉我们，我觉得，你还是尽快讲出来，否则就太迟了。我得提醒你，杀害你父亲的凶手就在这间屋子里，此时此刻正在听我们说话，正看着我们。"

四双眼睛赶紧从埃伦的身上移开，不过随后又挪回来。

埃伦两边的嘴角一直耷拉着，像一条难看的刀疤："我早就跟你说过了——我根本就不知道你在说什么。"

"你心里害怕，这是当然的。但是你觉得什么都不说就能躲过去吗？凶手晚上也是要睡觉的，而能够确保他安眠的最有效的方法就是让你永远消失。所以说，在你还能开口说话的时候赶紧说出来吧。"

"我也有职责警告你,纳什夫人,"纽比局长没好气地说道,"如果你胆敢窝藏证据,是会触犯法律的。你还想给自己惹多少麻烦?"

可埃伦握紧双拳,放在腿上,两眼一直盯着自己的拳头。

"好吧,"埃勒里说道,语气十分怪异,就连埃伦都感到有些不安,"如果你不说,那就由我来说吧。"

"我们从头开始捋一捋。戈弗雷写的MUM到底是什么意思?大家先忽略我之前给出的那种解释。因为我现在得出了最终的结论。

"一个头脑足够清醒的人要是想在临死前留下缉凶线索的话,那他会尽量避免让大家误解。由于MUM这几个字母牵涉到绝大多数人,而且不止一种牵涉——当然了,这里所谓的牵涉有些牵强——于是,我得出的结论是,戈弗雷并不是想通过MUM来指认凶手的身份。

"戈弗雷承诺过大家一件事,最终,我还是回到这个点上——保险箱的密码。"

"你不是已经让这件事过去了吗?"纽比忍不住爆发道,"而且这种推理也失败了——保险箱里面是空的。"

"没有完全失败,纽比。看到拨号盘上的26个数字,我想到了将MUM转译成数字,事实证明我是对的。但如果它还有更深一层的意思呢?还记得我之前说过的'双重性'吗?其中的一个疑点就是,戈弗雷买这个保险箱的价格相当于普通保险箱的2倍。可如果他出双倍价格的背后隐藏着一个理所当然、合情合理的理由呢?如果保险箱不只是我们用肉眼直接看到的那样呢？多花的那部分钱就花在了我们看不到的部分。双倍的价格——是不是就相当于双倍的保险呢？"

大家听了都惊得张大了嘴巴，紧接着，他继续说："如果是双重保险，就会有两个密码。其中一个我们已经猜到了，是13-21-13，它能打开我们都知道的那个保险箱。而另一个密码打开的则是另一个保险箱！很明显，那个小保险箱一定是在大保险箱里面的，是一个更隐秘、更小的保险箱。假设——因为那个词是戈弗雷临死前写下的——MUM不只是外面这个保险箱的密码，还是里面那个保险箱的密码，那么，MUM之前被转译成了数字，那这第二个密码就应该是它本身了，即这三个字母。"

"可是拨号盘上也没有字母啊？"纽比表示不解。

"对。还记得把手周围有什么吗？制造商的名字和地址：'VULCAN SAFE & LOCK COMPANY, INC. NEW HAVEN, CONN.'。大家会发现，在这些单词中，就包含一个M和一个U！"

"那我们试试怎么样？"

埃勒里走到油画那边，将其推到一边。紧接着，他旋转了几下拨号盘，把COMPANY中的字母M拨到密码校准仪的正下方，然后他又向右转动拨号盘，调到VULCAN中的U，之后又向左旋转，回到COMPANY中的M。

紧接着，他拉了拉把手。

保险箱的门没有弹开，反倒是把手被他拽了下来！把手后面是保险箱箱体最厚的部分，也就是机芯和机械装置的部分，结果发现里面有一个小格子，这便是保险箱中的保险箱。格子里面装着的就是那条皇室饰品项链，它宛如一个被16颗行星围绕着的小太阳，闪闪发光。

"啊哈，魔法生效了！"埃勒里一边轻声说了句，一边将项链举起来，好让屋子里的老式枝形水晶吊灯的光线照到吊坠上，反射出成千上万缕光。

"芒福德先生将项链放进去的时候，他一直是背对着大家的，而且他的后背很宽。其实，他是将项链放在了把手后面的保险箱里，而不是我们眼见的那个。所以，他才不用担心安全问题，没有将项链放到银行的保险柜里，克里斯托弗。即便有人想偷走保险箱，他做梦也想不到真正的保险箱在把手后面吧？其实，这个双关语的安全性的确很好。给你，纽比，请妥善保管这条项链，直到遗嘱及其他一干事情都厘清了。"

说着，埃勒里将项链扔给纽比，其他人的脑袋也一起跟着那项链转了过去，就像网球场上的观众一样。

"好了，结论已经得到了证实。"埃勒里说道，"一半的谜题已经解开了，还有另一半有待解决。到底是谁杀了戈弗雷·芒福德？"

他盯着大家，目光如炬，大家都畏缩起来。

"其实昨天早上的时候，我就知道凶手是谁了，"埃勒里说道，"他是不可能离开这里的，因为项链还没有找到。我也是为了找项链才留下的。"

"我想让大家都看看凶手写给埃伦的这封信。请大家仔细看看。"

说完，他从口袋里把信拿出来交给纽比局长，局长接过去，皱了皱眉头，然后传给下一个人。

12/1/65
　　MUM的确是缉凶线索。如果你胆敢把你知道的事情说出去，我就把你也杀了。

索普是最后一个看信的人，等大家轮流看完之后，埃勒里发现他们脸上的表情都很茫然。

"大家都没看出来吗？"

"拜托，埃勒里，"纽比不耐烦地说道，"我跟其他人一样，不像你洞察力那么强，什么都没看出来。你到底想说什么？"

"日期。"

"日期？"

"最上面的日期。12/1/65。"

"啊，日期是错的，"乔突然说道，"现在是1月，而不是12月。"

"对呀。这封信是1月12日早上被放到托盘里的，也就是说日期的格式应该是1/12/65。写信的人将月和日调换了。为什么呢？在美国，我们通常都是把月份写在前面，之后是日。而英国人的习惯是反过来的。

"在这个家里，谁在英国待了好几年？谁把'长途电话'称为'远程通话'？谁把'电梯'称为'直梯'？谁把'局长'说成'警长'？又是谁把'药剂师'说成'配药师'？

"当然是埃伦。是她给自己写了这封恐吓信。"

埃伦瞪大了眼睛看着埃勒里,就像在看一只从外星来的怪物:"不!我没有!"

可惜埃勒里并没有理会她:

"为什么埃伦要给自己写威胁信呢?这封信有什么作用呢?它会让大家都以为接下来要被谋杀的那个人是她,这也就从另一个角度说明了她不是杀害戈弗雷的凶手。

"再加上她自己给自己下毒的这种愚蠢行为,更加说明了这都是骗人的。她根本就没想过多地碰那杯热饮,只喝了几口。巧克力热饮事件完全是为了让大家对恐吓信信以为真。"

随后,他的眼神正好和埃伦的眼神相遇,他死死地盯着她。

"你为什么要让大家以为你是无辜的,埃伦?真正无辜的人是不会刻意证明自己无辜的。只有有罪的人——"

"你这是在指控我吗?"埃伦尖叫道,"指控我刺死了自己的父亲?"她像疯了一样:"克里斯,乔,你们不能相信——芒!"

可埃勒里依旧毫不留情地继续往下说:"线索是直接指向你的,埃伦,而且只有你。当然了,如果你有什么别的理由可以洗清自己的冤屈,我建议你赶紧说出来。"

埃勒里的一席话让她的目光像蝴蝶标本一样被钉住了。接着,她开始颤抖。趁着这个时候,他突然用自己最为柔和的声音说道:"不要再害怕了,埃伦。是这样的,你心里藏着的秘密我已经知道了。我只是想让你把它说出来,将你知道的告诉大家。"

于是,她终于将事情的经过说了出来:"父亲被杀那晚,我是醒着的,不知道为何就是睡不着。那是午夜过后很久了。我当时在楼上的门廊里，刚想下楼去厨房拿些吃的……正好看到有人从父亲的房里偷偷地溜出来。我知道，他一定是看见我了。所以我很害怕，不敢说出来——"

"你看到的那个人是谁，埃伦？"

"是……是……"紧接着，她张开胳膊指认道，"是沃尔科特·索普！"

埃勒里很早就回房间去了，打包好行李，不声不响地离开了，只留下一张写着简单内容的字条。后来，他也没再回霍利斯酒店去，因为眼下莱特镇已经没有凶杀案发生了。不过，离飞机起飞还有几个小时，他便去了警察局总部，于他而言这很合适。

"埃勒里，"纽比局长站起来抓住他的手以示欢迎，"我正想着你可能会来。还没正式向你表示感谢呢。你昨晚的表现真是精彩，撒了个弥天大谎。"

"我撒的谎，"埃勒里严肃地说道，"可不止这一个。"

"你说你已经知道了埃伦心中的秘密。"

"哦，那个呀。是啊，没错。但我必须让她亲口说出来。我很清楚，她隐瞒了凶手的身份。而那封信——"

"你真以为那是她写的吗？"

"没有。除非精神失常，正常情况下，凶手是不会在被怀疑之前暴露自己的身份的，哪怕是伪造笔迹也不会。而埃伦身上的英国气息太明显了，谁都可以利用英式日期这种事来栽赃她。所以说，我虽然知道她没有给自己写恐吓信，但我还是要指控她，目的就是想吓唬她，逼她指认索普。

"当然了,写信的人是索普。他就指望我发现埃伦身上的英式习惯,再通过我所给出的那个说法——'如果一个人有意想让大家知道她是无辜的,那么她就一定是有罪的'这种双重指控——给埃伦定罪。如果我发现不了这个疑点,他会进一步引起我的注意。

"索普之所以故意设计恐吓信的环节,或许是因为一旦埃伦将看到的事情说出来,进而指控他,他就可以借恐吓信脱身。可问题是,即便埃伦闭口不言,索普接下来也会继续采取措施。巧克力热饮被下毒的事绝不是埃伦为了让大家知道自己无辜而设计的,虽然我昨晚是这么说的,但那只是为了给她施加压力。实际上,那是索普为了让她闭嘴而有意为之,目的就是灭口。他想让我们——如果他的预谋成功的话——以为她是畏罪自杀。"

"你曾经偶然间提到过,"局长说道,"你知道索普是凶手——"

"其实那有一点点夸张。我只是怀疑他,但没有证据,完全没有,而且我担心埃伦会遭遇毒手。"

"可为什么,"局长问道,"像索普那样的人会狠心杀害自己最为要好的朋友呢?他虽然已经承认了犯罪事实,但至今还没说出自己的杀人动机。戈弗雷留给他2万美元,的确少得可怜——肯定不会是因为这个吧?"

埃勒里叹了口气:"搞收藏的人都很怪,纽比。虽然他口口声声跟戈弗雷说自己已经年老,没办法去那么远的西非了,但他心里已经焦急地期盼了数年,原本以为可以拿到10万美元的旅途资助费。当他得知戈弗雷的粗心大意导致这笔款项缩减到原来的五分之一时,他肯定被气翻了。那次西非之旅是他的人生梦想,而挚友令自己失望、沮丧，还有比这更让人憎恨的吗？"

埃勒里站起身来，纽比抬了抬手："稍等！最开始是什么令你怀疑到索普的？肯定有什么细微之处我没有注意到。"

埃勒里并没有表现出骄傲的神情。他在莱特镇经常能成功破案，但大多数时候他都感觉自己像打了场败仗。或许正是因为他深爱着这座古镇，为她清理门户成了他的命运。

"没有什么细微之处，纽比。是索普自己犯了个最显而易见的错误。你和我第一次去戈弗雷家的时候，他们详细地给我们讲述了发现死者尸体的过程。大家发现凶杀案时的反应也是很明确的。玛格丽特·卡斯韦尔从戈弗雷的卧室里冲了出来，大声喊着那个老人——注意她的用词——'死了'。随后，大家都冲上了楼，除了索普，他直接跑到楼下的电话那里，给法纳姆医生打电话，然后又向警察局总部报了案。当时索普是怎么跟你说的？说大家发现芒福德时，他不只是死了，而且是被人杀死的。要不是索普事先知道了实情，为什么会直接得出那样的结论，说死者是非正常死亡呢？"

"知道吗，纽比？"埃勒里似笑又似带有歉意地说道，"如果沃尔科特·索普接受了他自己给埃伦的建议——请原谅我这么说——也就是保持沉默[1]，他的结局会比现在好得多。"

---

[1] 原文为kept mum，而MUM是本篇小说的关键词，此处也是双关语。

CONTEMPORARY PROBLEMS IN DEDUCTION

现场演绎推理中的疑难问题

现场教学

埃勒里焦急地沿着西92大街往亨利·赫德森高中主校门走去，时不时愧疚地瞥一眼手表。卡彭特小姐已经果断地跟他约定好了具体的见面地点、日期和时间：在她自己的教室109；4月22日星期五早上；第一节课（上课时间是8：40，奎因先生）。卡彭特小姐找他是因为有特别的事，她是个认真敬业的年轻人，这给他留下了深刻的印象。看样子，妨碍她神圣教育事业的行为，她是绝不会容忍的。

埃勒里心里一阵内疚，大步快跑起来。

虽然她是教九年级社会研究学的老师，年轻气盛且性格坚毅，但对她来讲，眼前求助埃勒里的这件事着实棘手。两个月来，周边的商户纷纷报案说有少年犯团伙入店盗窃。根据警方所掌握的情况，作案的是同一伙人，很有可能是亨利·赫德森高中的学生，除此之外便没有其他线索了。

卡彭特小姐上个星期一晚上看完电影回家，路上看到三个男孩儿从一家窗户被砸碎了的面包店里匆匆逃出来,随后消失在一条小巷中。她认得他们,都是她班级里的学生,今年15岁,名字分别叫作霍华德·鲁福、戴维·斯特拉格,还有乔伊·比尔。照理来讲,这次的青少年犯罪案就解决了。

然而对于卡彭特小姐来讲不是这样。她没有去报警,而是去西87号大街找到了埃勒里。在附近街区,他是年轻人心目中的英雄。她告诉他,霍华德、戴维和乔伊并非那种顽固不化的青少年犯罪分子,而且她觉得,即便这些孩子被抓、被判刑、坐牢,都不能解决根本问题。没错,他们有着贫寒、不幸的家庭,并没有从中获得爱与安全感,因此在犯罪帮派中寻找归属感,但这些孩子都会在课后去打工,赚来的每一分钱都交到家里,所以说,他们不是完全没有挽救余地的,不是吗?她还把这些孩子平时打工的地点以及做什么事情都告诉了他。

"他们之所以效仿那些犯罪行为,是因为他们认为犯罪分子很强悍,作案之后有成就感,也很刺激。"卡彭特小姐说。为此,她想邀请他到班里来,对外就说要以"我所了解的那些臭名昭著的犯罪分子"为题做一次演讲,给大家介绍一下犯罪行为是怎样地充满了凄惨、背叛和虚无,而且会带来暴虐的后果,进而让戴维、乔伊和霍华德看到自己行为的错处。

就埃勒里的演说能力而言,他感到这次演讲着实有些负担。卡彭特小姐邀请他做这次演讲征得校长的同意了吗?

没有,卡彭特小姐坦然地回答道,她并没有事先征得欣斯代尔先生的同意,而且,若是被他听说了此事,她的工作肯定不保。"但是,我是不会做那个最初的推手,送那几个孩子去教养院的,那样他们最终或许会走上被判无期徒刑的道路！"再说了，奎因先生也没什么损失，只是浪费点儿自己的时间而已。

于是，奎因先生只好不情不愿地答应了，他会来的。这不，此时此刻，他就站在这位坚毅的年轻女士教的班级所在的教室门外……晚了7分钟。

埃勒里给自己鼓了鼓劲儿，打开门。

从进门的那一刻起，他就意识到，他又遇上了一个灾难。

路易丝·卡彭特僵硬地站在讲台上，原本漂亮的脸蛋此刻跟她手里攥着的信封一样白。只见她正茫然地盯着面前的一群男孩儿女孩儿，气氛安静得透着点儿诡异，令人如坐针毡。

她对他说的第一句话就是："我被偷了。"

班里的那一大堆男孩儿女孩儿目送他走到她的讲台旁。教室里都是墨水、胶水、纸、粉笔以及发霉的衣橱所散发出来的刺激性气味。周围的墙有点儿褪色。教室里到处都是半脱落的油漆、破旧的设施、变了形的窗帘挂杆、破破烂烂的课桌。

"在我自己的教室里被偷了。"卡彭特小姐哽咽道。

他把外套和帽子轻轻地放到讲台上。"是一场恶作剧吗？"他笑着看着同学们。

"恐怕不是。他们不知道你要来。"他们还是辜负了她，从她的语气中可以听出来，她受了不小的打击，"同学们，这位是埃勒里·奎因。不用给大家介绍奎因先生了吧，能邀请他过来，我们真是荣幸至极。"紧接着是一阵惊叫声和窃窃私语声，还有热烈的掌声。"奎因先生今天是想跟我们聊聊犯罪这个话题的，能邀请到他是我们的荣幸。我没想到他一进来就遇到了犯罪事件。"

掌声完全停止了。

"你确定这涉及犯罪吗，卡彭特小姐？"

"一个装有七张1美元纸币的信封被偷了，就目前的情势来看，只能是这间教室里的人干的。"

"听你这么说真是让人觉得遗憾。"

接着，他仔细地看着台下的学生，心想，这41双与自己对视的眼睛中，哪几双属于乔伊·比尔、霍华德·鲁福和戴维·斯特拉格呢？他早该问清楚路易丝·卡彭特他们都长什么样子。现在看来有些晚了。

抑或，还不算晚？

据埃勒里的观察，在这二十几名男孩儿中间，有三个人故意装出无所谓的样子。第一个肩宽背阔，那孩子一头金发，很帅气，鼻孔边一片灰白。第二个长着尖尖的鼻子，有着乌黑的头发和地中海肤色[1]，整个人几乎完全是静止的，只有手指在习惯性地不停转笔。第三个孩子偏瘦，红色的头发，除太阳穴那儿因惊吓而变得强劲的脉搏之外，浑身上下没有一处有活力。

埃勒里做了个决定。

"好吧，如果真的是现场作案的话，"他转身对路易丝说道，"我想，大家应该都不喜欢听我讲那些早就盖棺论定的案例。其实我倒觉得，如果我现场给大家演绎一下如何破解真实案件的话，大家会更感兴趣。你觉得呢，卡彭特小姐？"

---

[1] 指棕调肤色。

她立即领会了他的意思，满眼都是希望。

"我觉得，"她严肃地说道，"这样会有趣得多。"

"那我们就从寻找那7美元开始。都是你的钱吗，卡彭特小姐？"

"其中有1美元是我的。麦克杜得小姐是这里的英语老师，下个月要结婚。我们几个人想凑钱给她买一份结婚礼物，大家把钱都放到我这儿。这一整周都有老师过来，把钱放到一个信封里，就是我放在讲台上的信封。今天早上——"

"好了，背景就介绍到这里吧，卡彭特小姐。接下来我们听一听学生们的证词。"埃勒里扫视了一下同学们，台下传来一阵窃笑声。突然，他指着一个涂着口红，留着意大利式短卷发的矮个子女孩儿说道："你能给我们讲讲今天早上都发生什么了吗？"

"我可不知道那些钱的事！"

"胆小鬼。"一个男孩儿嘲笑道。

"说这话的孩子，"埃勒里友善地说了句，发现他正是刚才注意到的那三个孩子中的一个，也就是肩宽背阔的那个金发男孩儿，"你叫什么名字？"

"戴维·斯特拉格。"他用鼻子哼了一下，好像在说，我才不怕你呢。不过，他的鼻孔依旧呈现出灰白色。他就是卡彭特小姐说的那个课后在阿姆斯特丹大道克瓦里提超市做兼职货物管理员的孩子。

"好，戴维。那就由你来跟我们讲讲今早的事情吧。"

男孩儿轻蔑地瞥了一眼刚刚那个留着意大利发式的女孩儿："班里的人都知道钱放在了那个信封里。今早上课前，莫雷尔夫人过来送钱,卡彭特小姐将她的钱塞到信封里,和其他人的钱放在一起,之后把信封搁在了讲台上。上课铃响后,莫雷尔夫人就离开了,卡彭特小姐拿起信封来往里面一看,大喊了一声:'钱被偷了。'"

这时,那个红头发、偏瘦的男孩儿大声接话道:"那我们现在要怎么做,就这样等着吗?"他说着朝戴维·斯特拉格眨了眨眼。此时的戴维·斯特拉格已经坐下了。那个大块头金发男孩儿也眨了眨眼,以示回应。

"你叫什么名字?"埃勒里问那个红头发的男孩儿。

"乔伊·比尔。"那孩子挑衅式地回答道,他就是那个在89号大街的卡普兰店(一家大型烟草、报刊和文具店)打工的孩子,"谁会想拿他们那破烂的7美元呢?"

"乔伊,有人不只想要,而且已经拿到了。"

"哦,据我们所知,是她自己拿的。"这时,三人帮中的第三个人开口说道,就是那个尖脸的黑小子。如果埃勒里没猜错的话,他就是那个在哥伦布大道的奥唐奈干洗店做跑腿零工的孩子。

"你是——?"

"霍华德·鲁福。"

看来,这三剑客是在彼此照拂。

"你的意思是,霍华德,你指控卡彭特小姐自己偷走了老师们的钱?"埃勒里笑着问道。

男孩儿幽暗的眼神闪烁了一下:"我的意思是,或许是她自己误拿的,或者是放到了别处。"

"说实话,"路易丝用轻柔的语气说道,"当我发现信封里的钱不见了之后,我的第一反应也是这样的,奎因先生。所以,我在自己身上翻找了一遍。"

"我能看看那个信封吗?"

"这不是我放7美元的那个信封,"说着,她将信封递给他,"虽然它们看起来是一样的。我抽屉里有一盒子信封。很早之前锁就坏了。这一个肯定是有人昨天从我抽屉里拿出来的,或者是这周更早的时候。"

"这是一个空信封,卡彭特小姐。你怎么知道它不是原来装钱的那个?"

"因为原来的那个封口上有标记——上面写着'给海伦·麦克杜得的礼金'。"她环顾了一下四周,男孩儿女孩儿们的眼神随着她的扫视一排一排地低垂下去,"也就是说,奎因先生,这次盗窃行为是事先计划好的。行窃者今早进班级的时候就已经将之前偷出来的备用信封准备好了,里面还放了同等厚度的纸,等一有机会就调包。事实也的确如此。莫雷尔夫人和我说话的时候,同学们都在四处走动。"

那个被调包的信封里有一沓纸,事先被裁剪成了类似美元纸币的长方形。

"你把莫雷尔夫人的钱和其他人的钱放到原来那个信封里时,大家都在现场吗?"

"是的。我把钱放进信封之后,门只开关了一次,就是莫雷尔夫人离开的时候。整个过程我都是面对着门的。"

"莫雷尔夫人会不会是在搞恶作剧,自己把信封调换了?"

"我把信封放到讲台上之后,她就没接近过讲台。"

"那样看来的话，你说得对，卡彭特小姐。这次偷盗事件是事先计划好了的，就是这间教室里的某个男生或者女生实施的，而且那个贼——以及钱——依旧在班里。"

就这样，埃勒里成功地营造出了紧张的氛围。偷钱的男孩儿此刻肯定是一身冷汗。他没有想到自己的偷盗行为会这么快被发觉，还没等他找到机会将钱转移出教室。

"第一节课什么时候下课，卡彭特小姐？"

"9：35。"

大家纷纷转头看了看墙上的钟。

"现在才8：56。"埃勒里愉快地说道，"还有39分钟的时间——足够了。除非，那个策划此次犯罪的男孩儿或者女孩儿现在想把偷走的钱还给卡彭特小姐？"

这次，他直接朝那三个男生看过去，从戴维到霍华德，再到乔伊。他的眼神似乎在说：我讨厌做这种事情，孩子们，但如果你们还存有侥幸心理，那我只好秉公办案了。

那个名叫戴维·斯特拉格的孩子上下嘴唇几乎扭在了一起。那个偏瘦的红头发男孩儿乔伊·比尔满脸忧虑地盯着他看。还有那个霍华德·鲁福，他手中的笔转得越来越快。

看来是他们三个之中的一个，好吧。

"看样子，我们得费一番周折了，"埃勒里说道，"抱歉，我不像书上说得那么神，可以轻而易举地逮到那个毛贼，其实现实中的探案——犯罪也是一样——过程可没那么爽。我们就从搜身开始吧。哦，对了，搜身这种事完全凭借同学们的自愿。有谁不想冒险被搜身吗？请举手。"

没有人举手。

"我来搜男生，卡彭特小姐。你把那两块告示板转到墙角去，然后搜女生。"

接下来的几分钟，班级里闹哄哄的。每名男生都到教室前的黑板那里，搜完身之后再回去。女生们则是在教室后面。

"找到了吗，卡彭特小姐？"

"罗丝·佩雷斯身上有1美元。其他女孩儿身上要么是只有一些零钱，要么就是1分钱都没有。"

"没找到原来那个信封吗？"

"没有。"

"我发现两个男生的身上有钱——每个人身上都是1美元。戴维·斯特拉格和乔伊·比尔。没有信封。"

路易丝的眉头皱到了一起。

埃勒里看了一眼钟，9：07。

他走到她身边对她说："别让他们看出你的焦虑与不安。没有什么可担心的。我们还有28分钟呢。"接着，他抬高声调笑着说："看来，小偷是想先把钱放到某个地方，等风头过了之后再拿出来。所以说，钱是被藏在了教室的某个地方。好吧，卡彭特小姐，我们就先从桌椅开始。桌椅的下面也要看——口香糖可以是很便利的黏合剂，是不是，同学们？"

4分钟过去了，他们你看看我，我看看你，之后又抬头看了看钟。

9：11。

刚好还剩24分钟。

"好。"埃勒里说道。

说完,他就开始搜查整间教室,包括书、暖气、橱柜、设备、午餐袋、书包、告示板、地图、地球仪,还有联合国海报、华盛顿和林肯的钢版画,甚至连路易丝的三只天竺葵花盆他都翻了个底朝天,筛查了花土。

与此同时,他越发频繁地转头去看钟。

此外,埃勒里也把教室里的东西都翻了个遍,从美国国旗的插座到放有旧灯具的碗形灯槽,里面都是小虫子,他得站在桌子上才够得着它们。

屋子里的一切都被翻了一遍。

"钱不在这里。"路易丝在他耳边小声说道。

再看比尔、鲁福和斯特拉格,他们正推推搡搡,咧嘴笑着。

"好吧,好吧。"埃勒里说道。

有意思,还真遇到麻烦了。

当然是遇到麻烦了!只见他站起身来,又去查看了一下刚才漏掉的物件:放铅笔刀的杯子和盖在广播系统扬声器上面的网格盖板。没有信封。没有钱。

他拿出一条手绢来擦了擦脖子。

真丢脸。不过是学校里的一名学生!

埃勒里瞥了一眼钟。

9:29。

只剩下6分钟的时间了,不仅要找到钱,还要找到那个小偷!

他靠在路易丝的讲台上,强迫自己放松下来。

这都是"小"问题。跟谋杀、绑架、抢劫银行相比,这没什么大不了的。只不过是一个少年犯趁乱在挤满了人的班级里偷了可怜的7美元而已……

他怒气冲天地想着这些。

如果等到9：35下课铃响，那小子就会大摇大摆地从卡彭特小姐的教室走出去，带着偷来的钱，他会像一只幼狼第一次捕杀到猎物一样发出胜利的号叫。谁说法律界这些声名显赫的浑蛋不是跳梁小丑呢？他们是最可笑的小丑！我面前这家伙什么都干不成！他什么都不是。看我如何挑战他的权威，让他急得到处乱转！这只是个开始。等着瞧吧，我会来一次真格的，到时候可就不是现在这种小孩子式的小打小闹了……

不能这么想，跟谋杀案相比，这没什么大不了的。只是7美元而已，只是作为大人物被嘲笑一番而已。真的不重要吗？埃勒里咬着嘴唇。或许，这是他职业生涯中最为重要的一件案子。

9：30：30。

只剩下4分半了！

路易丝·卡彭特正紧紧地抓着讲台，指关节发白。她在等待失望降临的那一刻。

埃勒里绕过讲台，伸手拿起自己的花呢子外套，从外套口袋里拿出烟斗和烟草，心里越发焦急地思索着海伦·麦克杜得那份7美元的礼金，这是他有生以来最费脑筋的时刻。

他想着想着……

9：32的时候，他开始认真地查看起那一沓假钞来，那是小偷提前放在用来调包的信封里的。假钞是用普通的廉价报纸做成的，被剪成钞票大小的形状，用的是彩色漫画版块的部分。他一张一张地翻看着那些假钞，寻找着蛛丝马迹。只要找到一丁点儿线索就可以！

这时，四十几名男生女生开始骚动起来，发出了咯咯的笑声。

埃勒里眼前一亮，发现其中一张假钞上附着着一条约1英寸长的细长纸边，像是从哪里剪下来的。他用手指捻起来，拿到阳光下。那不是报纸，比报纸要厚，要硬……

随即，他知道那是什么了。

此时离下课还剩不到两分钟的时间。

他赶紧翻看了剩下的那些钞票大小的报纸漫画版块。

找到了，找到了！

这些假钞是从报纸漫画版块的顶端剪下来的，边缘有《纽约时报》的名字和出版日期：1955年4月24日。

集中精力思考，不要急，剩下这1分钟里还有好多秒。

于是，耳边的嗡嗡声和咯咯的笑声都消失不见了。路易丝·卡彭特呆呆地站在那里，用祈求的眼神看着他。

这时，走廊里传来了下课铃声。

第一节课下课了。

9：35。

埃勒里站起身来，郑重地宣布："案子破了。"

其他学生从教室里离开了，门也关好了，那三个孩子背对着黑板站成一排，像是在接受死刑行刑一样。戴维·斯特拉格的脸上失去了光彩。乔伊·比尔太阳穴上的血管变得老粗，差点儿要蠕动到他那一头红发里去了。还有霍华德·鲁福，眼睛湿漉漉的，眼神惊慌失措。

他们已经15岁了,被逮住着实有些丢面子。

然而,如果他们不是在15岁时被逮住——而是在成年时——他们的人生将更加艰难。

"我怎么了?"霍华德·鲁福小声嘟囔道,"我什么都没做。"

"我们可没拿卡彭特小姐的7美元。"戴维·斯特拉格不服气地说道。

"那你敢说上周一晚上没砸米勒先生家的面包店吗,戴维?"埃勒里不慌不忙地说道,随后停顿了一下,"或者,你敢说你们之中的某个人在过去的两个月里没干过这种事吗?"

他心想,此刻,这几个孩子肯定快被吓晕了。

"可今天早上的这件小事,"埃勒里突然朝那个红头发男孩儿转过身去,"是你自己一个人干的,乔伊。"

只见那个偏瘦的男孩儿吓得直哆嗦:"谁,我吗?"

"没错,就是你,乔伊。"

"你的头被门挤了吧。"乔伊小声嘟囔道,"不是我!"

"那我就来证明一下,乔伊。把我从你牛仔服里搜到的1美元拿出来。"

"那是我的钱!"

"我知道,乔伊。一会儿再给你另一张1美元。把它拿过来……卡彭特小姐。"

"好的,奎因先生!"

"小偷要想把这些报纸裁剪成钞票那样的大小,就得用一张真的钞票做模板。如果他剪的时候贴得太近，剪刀就有可能会将真钞票的边缘剪下来一小条。"埃勒里把乔伊的1美元递给卡彭特小姐，"看看这张钞票的边缘是不是缺了一小条。"

"没错！"

"我发现这个小条粘在其中一张假钞上。把这个小条放到乔伊的钱上，看看是不是那上面缺失的部分。如果钱的确是乔伊偷的，那这个小条就应该和上面的缺口吻合。不是吗？"

路易丝看着那孩子："乔伊，是吻合的。"

戴维和霍华德一脸不可思议地看着埃勒里。

"真倒霉。"乔伊哽咽道。

"是罪犯自己让自己倒霉的，乔伊。你内心的潜意识会让你觉得自己做的是件错事，所以，在你裁剪假钞的时候手会发抖。不过，即便你下手时没有失误，我也知道是你把装钱的信封调了包。"

"怎么可能？你是怎么知道的？"乔伊不可思议地尖叫道。

埃勒里将一张边缘处带有空白的假钞拿给他看："看到了吗，乔伊？这里有报纸的名头，还有日期，是1955年4月24日。今天是几号？"

"星期五，22号。"

"星期五，4月22日。但这张用报纸彩色漫画版块裁剪出来的假钞上标注的日期是4月24日，乔伊，也就是说，是这个星期天的报纸。谁能提前拿到星期天的报纸漫画版块？只能是成批量卖报纸的商店。预先拿到晨版报纸的初版可以给他们留出时间来，以备往报纸中添加新闻，这样就能占领星期天晨间新闻市场的先机。

"这还不算,乔伊。你们三个人之中有谁能在今早之前拿到星期天的晨版报纸呢?不是戴维——他是在超市做兼职的。也不是霍华德——他是在干洗店打工的。而你在一家大型烟草、报刊和文具店做兼职,乔伊,那里一定会存有报纸。"

乔伊·比尔的眼神变得呆滞起来。

"我们都觉得自己很强大,乔伊,可是我们会遇到比我们更强大的人,"埃勒里说道,"我们觉得我们是最聪明的,然而总会有比我们更聪明的人。我们侥幸逃脱过十几次,但下一次就有可能会栽到坑里。你是不可能一直赢的,孩子。"

乔伊的眼泪唰地流下来。

路易丝·卡彭特本能地想过去安慰他。埃勒里摇了摇头,将她拦住了。随后,他走到那孩子跟前,摸了摸那头红发,又低声跟他说了几句话,旁边的人没有听到他说了什么。过了一会儿,乔伊哭得差不多了,一脸困惑地用袖子擦了擦眼睛。

"因为我觉得,这样做才是正确的,乔伊。"埃勒里继续着他们的秘密对话,但这句说得很大声,"我们一会儿去见欣斯代尔先生,之后再去见几个我在警察局总部认识的颇为可靠的人。那之后就要看你的了。"

乔伊·比尔哽咽道:"好吧,奎因先生。"说话时,他并没有看着他的两位朋友。

戴维和霍华德说了几句悄悄话。之后,戴维转身对埃勒里说:"那我们要去哪儿,奎因先生?"

"你和霍华德这就跟我们走。"

只见那个一头金发的小伙子咬了咬嘴唇,之后又点了点头。过了一阵，深肤色小子也点了点头。

"哦，我差点儿忘了，"埃勒里把手伸进刚刚装烟斗和烟草的口袋里，随后拿出一个皱巴巴的信封来，封口上写着字，几张1美元钞票从信封的一角漏出来，"卡彭特小姐，这是你们送给海伦·麦克杜得的婚礼礼金。请顺便代乔伊向麦克杜得小姐致意。"

"我差点儿忘了！"路易丝惊叹道，"你是在哪儿找到的？"

"我给其他男生搜身的时候，乔伊在慌乱中将其转移走了。整间教室里我只有一个地方没有搜——我自己的口袋。"埃勒里朝那三个孩子眨了眨眼，"走吧，小伙子们，嗯？"

禁停

莫戴斯塔·瑞安不仅是百老汇舞台上的名角，这回在麦迪逊大道的顶层公寓家中也出了名。在一个仲夏之夜，伴随着外面的倾盆大雨、电闪雷鸣，故事拉开了序幕。中央公园一带的几栋建筑因为停电而变得漆黑一片，阿塞尼亚公寓也在其中。于是，莫戴斯塔在烛光中演了这么一出，成功地吸引了人们的眼球。

对此，埃勒里并不觉得奇怪。莫戴斯塔·瑞安很擅长制造闹剧，凡是和她沾边的东西都会迅速火爆，她每次遛狗都会上头版。上次她那只宠物狗在第五大道上挣断了绳子，结果被汽车轧死，车上坐的人居然是亲苏联的某国大使。

在恋爱方面，莫戴斯塔可以说是很不幸。她至今都没有结过婚。令她钟情的男人要么喜欢那种话都说不清楚的天真少女，要么就喜欢在衣物寄存间清点顾客失物的那种女孩儿；喜欢她的人呢，她还看不上。追求她的人要么是会行吻手礼的人、手不离烟的人、穿骑马裤的人，要么就是有恋母情结的忧郁大学生。

可是突然间，白马王子就出现了，简直完美得不可思议，而且一下子就是——三个。

这也正常，一旦对的人出现，其他两个同样合适的也就跟着来了。

又是一个关于莫戴斯塔·瑞安的热门话题，几个月来，百老汇一直对这件事充满兴趣，没怎么关心过别的事。她到底会跟这三个人中的哪一个结婚呢？

乔克·尚维尔是莫戴斯塔排演的新剧中的男主角，那是一部以中世纪威尼斯为背景的古装剧。这个角色可以说是为他量身定做的，因为他外表很像威尼斯总督——恶毒的眼神、穿着紧身裤的修长双腿。不仅如此，尚维尔还有着演艺界人士那些秘而不宣的看家"本领"，包括抢镜、诋毁他人名誉、人身攻击等。乔克有个妻子，是在之前的一部剧中认识的，名字叫作皮尔莱茵，不过她完全不是问题。在决定跟莫戴斯塔·瑞安在一起之前很久，他就凭借自己那巧舌如簧的功夫将她逼到了离婚的边缘。

接下来这位名叫基德·卡特，一个眉毛浓黑的搏斗机器，即便打斗时双拳伤痕累累，失去了知觉，他也只不过是冷笑一下，这已经成了他在荧幕上的标志性形象。身体便是他的信仰，克己是他的信条，女人可以说是他的禁品。所以，他一旦爱上莫戴斯塔，就变得像个堕落的修道士一样，倾泻出热情，一发不可收拾。让这头血气方刚的小野兽不敢轻举妄动，莫戴斯塔觉得这种感觉美妙极了。

再来就是理查德·范·奥尔德二世，这个人可是一种完全不同的诱惑。作为一个地位很高的有钱人，范·奥尔德外表儒雅实则很霸道。自从十几年前妻子去世,莫戴斯塔·瑞安是第一个搅动他心绪的人,于是,他意在得到她。他是那种果决的人,一旦做了决定便不会轻易改变,打从一开始,他就向莫戴斯塔求婚,不停地发起追求攻势。不知为何,他那双没长睫毛的眼睛和内敛的个性尤其令她心醉,使她俨然成了一个不经事的小姑娘。

这三个人给她的感觉就是,乔克·尚维尔像一双合手的手套,血气方刚的卡特能够激起她的欲望,而范·奥尔德则令她沉迷。

她到底应该接受哪个呢?

埃勒里正弯下腰去解鞋带,这时电话铃响了。

"是找你的。"埃勒里的父亲理查德·奎因探长的声音从另一间卧室传来。

"不会吧?还差一刻钟就到12点了。"埃勒里拿起分机电话,"喂?"

"埃勒里吗?我是莫戴斯塔·瑞安——"

"莫戴斯塔。"埃勒里无意识地拨弄了一下领带。他们已经是数年的老相识了,可每每听到她的声音都像第一次。今晚,她的声音有些沙哑,传来被压抑的急切感,不太寻常。"怎么了?"

"埃勒里,我有麻烦了,"她小声说道,"你能来我公寓一趟吗?拜托了。"

"当然可以。到底是怎么了?"

"我不能说。不是我一个人——"

"是结婚的事吗?"

"是的,我今天做了决定。给另外两个人下了逐客令。不过,拜托你快点儿过来!"

"莫戴斯塔,等一等。告诉我你和谁在一起——"

可紧接着电话就挂断了。埃勒里抓起雨衣跑了出去。

积了水的街上空荡荡的,他开着车朝东边的中央公园方向奔去,车轮在水里留下一道尾流,车像被发射出去了一样。随后,他驱车横穿公园,接着又在几分钟之内驶过第五大道和麦迪逊大道。将近1分钟后,他的车经过帕克大道拐角,驶进东八十街区的一条西行单向街道。他一边开,一边透过雨帘下的风挡玻璃往外瞧,寻找停车位。

他沿街望去,视线范围所及的车位上都停着车,一辆紧挨着一辆停在路边。

埃勒里找寻了一圈,尽量压制住心中的火气。在纽约这种地方是不太可能找到停车位的,尤其是在着急的时候。更何况还下着雨——

阿塞尼亚公寓在东北角,就在麦迪逊大道边上。在拐角和阿塞尼亚公寓的门口雨棚之间,他发现了一处空位,于是,他一脚油门开过去。然而等他到了之后却发现那里有禁停标志,原来是一处跨城汽车车站。早该知道会是这样!无奈,他只好又驱车回到麦迪逊大道,绕着街区转悠,若能瞄到一处宽十几英尺[1]的空位,就随时准备停进去。可惜,所有的空位都被停满了,他只好拐回到莫戴斯塔家所在的那条街,心里又急又气。

他气急败坏,心想,老天,这里是怎么回事。他心想,要不就

---

[1] 1英尺合0.3408米。

停在刚刚的汽车站。可自小出生在守法家庭的他转念又一想，若是违法，还得去交通法庭蹲上个半天。想想还是算了。

然而奇迹是不会发生的。莫戴斯塔家那条街依旧没有停车的地方，于是，埃勒里呻吟了一下，又拐进了麦迪逊大道。

"最后再转一圈。"他咬牙切齿地说道，"莫戴斯塔肯定以为我是骑骡子来的吧。要不就停双排吧。"

最后转这一圈，他发现有辆车是违停的。就在阿塞尼亚公寓门口的雨棚和旁边建筑的入口之间的路边上，有三辆车纵向停在一排，第四辆占用行车道横向停在中间一辆的边上。占用行车道的这辆车挂的是马里兰州车牌。

埃勒里再一次沿街区从帕克大道往麦迪逊大道开去。他刚想把车停在那辆医用车后面，只见一对年轻的情侣刚好从东南角的公寓楼里跑出来，踩着雨水直奔阿塞尼亚公寓门口的雨棚这边，随后跳上了那三辆车中的第一辆。

"这倒好了。"埃勒里酸溜溜地说道。等这两位救世主一开走，他赶紧绕过那辆占用双排车道的汽车，像消防员那样以迅雷不及掩耳之势将车停在了离雨棚最近的空位上。

此刻是午夜12∶05！他居然花了10分钟找车位。不过已经算幸运的了。

埃勒里三两步蹦到雨棚下面。随后，他进到大厅里，甩掉帽子上的雨水。大厅里黑黢黢的。或许是地下室进了水的缘故，主线路发生了短路。

"门卫？"他冲着黑黢黢的地方喊了声。

"来了。"只见漆黑中突然出现了一道手电筒的光亮，上下快速摆动着朝他这边过来,"您想找谁,先生?"

"住在顶楼的瑞安小姐。电梯停了吗?"

"是啊。"门卫似乎有些怀疑他,"已经这么晚了。而且楼里住户的电话也不好用了。"

"有人正在等我,"埃勒里说道,"楼梯在哪儿?快告诉我!"

门卫冲他瞪了瞪眼,之后嘟囔道:"这边。"

门卫拖拉着脚步,经过失灵的配电盘往大厅后面走去,同时把手电筒放在身后给埃勒里照路。他们正好走到紧急出口时,门开了,一个男人从他们身边经过,随后消失在了黑暗中。人影闪过时,埃勒里看了一眼——那人佝偻着背,所以无法判断身高和年龄,他身穿一件双排扣的鞣制防水上衣,左侧扣子一直扣到下巴处,头戴一顶斯泰森鞣革帽,帽檐压得很低,遮住了脸。

这个人令埃勒里有些不安,但他没有时间去分析。

紧接着,他沿着那无穷无尽的大理石台阶往上跑,祈祷着手里的便携式手电筒千万别没了电。等到了位于11层的顶楼之后,黑暗中星星点点的彩色光芒出现在视野当中。他气喘吁吁地拿着手电筒照了照周围,终于找到了用人门附近的按钮。他按下按钮,靠在门上。只听公寓里面的门铃声响起,却没有人应答。

他试着去开门。门没上锁。

埃勒里走进莫戴斯塔·瑞安家的乡村式厨房。壁炉架上一只蜡烛杯里的火光正在诡异地摇晃着,壁炉里的一堆煤饼已经燃成了灰烬。

"莫戴斯塔?"

他穿过转门进到她家的餐厅,感觉头皮有些发麻。餐柜上的一个烛台里的烛火忽明忽暗地照着整间屋子。客厅那边漆黑一片。

"莫戴斯塔?"

他摸黑沿着过道走过去,手里拿着手电筒,不再喊她的名字。走着走着,地面上的影子被手电筒的亮光分隔开了。他心里一直告诉自己,莫戴斯塔很有可能是在进行一场精巧的恶作剧,选了这样一个夜晚来营造气氛。

走进她的起居室时,有那么一瞬间他真的相信了这是一场恶作剧。只见两个七枝烛台发出耀眼的光亮,就在那光亮的焦点处,莫戴斯塔那可人的躯体正穿裹着一件精致的睡衣躺在那里。她整个人蜷缩在意大利式瓷砖地上,旁边是她那架珍珠母白色的大钢琴。睡衣胸口的位置,貌似有一处枪伤,还有血……埃勒里跪在地上。那团黑乎乎的液体像极了番茄酱,弄脏了她的胸口。

然而那并不是番茄酱。而且睡衣的丝绸料子也明显被灼烧出了一个洞。

他努力摸寻着她的脉搏。有脉搏!——可它却像烛光一样忽明忽暗。看来,她活下去的概率很小了。

埃勒里没有再确认什么,直接习惯性地飞奔到电话旁。令他没有想到的是,电话居然还好用。他打了两通电话:一通是叫救护车,一通是打给他的父亲。紧接着,他穿过公寓,冲出用人门,然后像山羊一样几层台阶几层台阶地从11楼往下蹦。

他心想,如果她真的死了,那么附近停着的那些车就都有嫌疑。刚才因为找停车位而浪费的那10分钟或许本可能成为救莫戴斯塔·瑞安一命的关键。

他一路狂奔到雨棚下,门卫一脸惊讶地跟在后面。外面依旧是刚才的样子，瓢泼大雨冲刷着街道。还是那三辆车并排停在雨棚与旁边建筑入口中间，他的车在最前面。那辆医用车依旧占用行车道，停在中间一辆的旁边，将中间那辆车围住。

当然了，那个身穿防水外套的人已经消失不见了。

"弗拉切茨基，事情就是这样的，是吗？"理查德·奎因探长借着警用手电筒的光亮问道，"从下午4点到午夜12点是你当班，但是由于大雨，替班的人来不了，所以你就一直在这里，其间从没离开过大厅。没有人在你的眼皮子底下溜进来。好的。"

"瑞安小姐大约在晚上7点钟的时候从片场打车回来，当时是她自己一个人。大约8点钟的时候，她家女佣下班走了。从8点钟到11点零几分，只有五个人进出过这栋楼。他们都是这里的长期租户。11点半的时候，那个穿着防水外套的人进入大厅。5分钟后，一个接到紧急电话的医生来看住在楼里的一个老妇——住在4-G的租户，听说病得很重——医生还跟你埋怨说找不到停车位，于是你让他停在行车道上。"

"也就是说他现在依旧在4-G，"韦利警佐说道，"其他五名租户也有不在场证明。"

"现在来说说那个穿军用防水外套的人。你说他不是乘车来的，而且把帽檐压得很低，衣领是立起来的，没办法借助手电筒的光亮看清他的脸。他说话的声音有些沙哑，像是得了重感冒。他还说和莫戴斯塔·瑞安小姐约好了见面，你告诉他得步行爬到顶楼，于是他就从楼梯上去，直到午夜过后几分钟，他在你以及这位奎因名探的眼皮子底下穿过楼梯间的门走掉，在那之前，你一直没见到他。"探长说道。

埃勒里无奈地看了父亲一眼。"那你有没有注意到,"他问门卫,"他最初进大厅的时候身上的外套和帽子到底有多湿?"

"没有您的湿,奎因先生,"门卫说道,"您把我的名字拼对了吗,警官大人?"

"这个待会儿再说,"警官说道,"嘿,戈尔迪。怎么样?"

戈德堡[1]探长走了进来,只见他像狗一样抖了抖身上的水。据他所报,在黑人公寓找到莫戴斯塔·瑞安家的女佣的时候,她正在睡觉。她什么都不知道,只知道瑞安小姐回家以后打了三通电话:一通是给基德·卡特,一通是给尚维尔先生,最后一通是打给范·奥尔德先生的。可惜,女佣并没有听到对话内容,所以她也说不好瑞安小姐拒绝了哪两位,哪一位最后成了幸福的男人。

"医院那边有消息吗?"探长嘟囔了一句。

"就那样了呗。"韦利警佐说道。

"她说过什么吗?"

"她能维持呼吸就已经不错了,长官。目前还是昏迷不醒。"

"看来事情不好办哪,"老人忧郁地说道,"那个身穿防水外套的人很有可能就是被莫戴斯塔拒绝的两个人之中的一个。他可是没有浪费一点儿时间,是不是?等那三个人来了,带他们到顶楼来。要一起来吗,埃勒里?"

他儿子叹了口气:"如果我当时能快点儿找到停车位的话……"

他说着便朝楼梯口走去,紧接着传来一阵空洞的笑声。

---

1 即戈尔迪。

2：20，探长审问完三人中的最后一个。他发现埃勒里在莫戴斯塔·瑞安的卧室里用批判的眼神盯着她的电话看。

"有什么发现吗？"

"城里的专栏作家我都打过电话了，还有她所有的好朋友。看来，她谁都没有告诉。"

老人咕哝了一声。他把头探到大厅里："把那几个可爱的家伙带过来。"

尚维尔进来时带着装出来的微笑。蓬乱的金发发尾尖尖的，再加上线条微微上扬的嘴唇，让他看上去像极了撒旦。

"这又是要做什么？"他问道，"难道要严刑逼供吗？"

至于基德·卡特，只见他表情异常痛苦，仿佛被对手打倒了一样。那彪悍的身体堆在椅子上，一双黑色的眼睛呆呆地盯着钢琴旁边瓷砖上的粉笔标记[1]。

"是谁干的？"拳击手嘟囔道，"告诉我，是那两个人中的哪一个。"

"收敛点儿，基德。"演员谈笑风生般说道，"我们面对的可是专业观众。"

那双黑眼睛盯着他。"省省吧，演员。"基德说道。

"要不然呢？"尚维尔笑着说。

"我要走了。"理查德·范·奥尔德二世突然说了句。

这位大亨很生气的样子，天生的瓷白肤色快被气绿了，那双没有睫毛的眼睛里露着凶光。

---

[1] 这里指圈画出来的被害者所躺区域。——译者注

"就几分钟，范·奥尔德先生。"奎因探长说道。

"请把时间控制在几分钟之内。在那之后，我要么是没有嫌疑地从这里走出去，要么给我的律师和本区的警察长打电话。"

"好的，先生。是这样的，几位，你们都想和瑞安小姐结婚——很不凑巧，而且每个人都说今晚接到了她的电话。到最后，她只跟其中的一个人说要和他结婚。而那两位——其余的那两位——被她拒绝了。而今晚急匆匆跑来这里枪杀她的很有可能是那两位之中的一位。"

"你们以为这样就把我们糊弄过去了，"探长露出了假牙，继续说道，"据说你们三个当时都在家睡觉。我们在你们各自的家中搜查过，都没有找到那颗子弹所属的枪支——可能是一把点三八口径的枪。防水上衣和斯泰森鞣革帽也没找到。而且最重要的是，你们每个人都声称莫戴斯塔在电话中说要跟自己结婚！当然了，这之中有两个人为了撇清嫌疑而撒了谎。"

"先生们，我要告诉你们的是，"奎因探长轻声说道，"扔掉枪支、外套和帽子是没有用的，因为它们终究会现身的。枪杀案发生的那个时间，你们都没有不在场证据。你们都说自己在家睡觉，可并没有人能够证明，包括你，尚维尔，因为你是一个人住一间卧室，然而并没人听到你回家——"

"爸爸。"

探长有些不解地看了看周围。只见埃勒里站起身来，一副带着讽刺感的绝望样子。

"我觉得暂时没有必要再查下去了，你说呢？今晚就先到这里吧。几位先生又不会逃跑，我们都先去睡一会儿。"

老人眨巴了几下眼睛。

"好吧。"他说道。

可是，等三个人一离开，他就低声问儿子："谋略大师，你到底是怎么筹划的？"

"很简单。"两人在大厅的玻璃外门旁边蹲伏下来，埃勒里说道。此时凌晨3点刚过，雨停了，外面那些深色汽车上的铬合金部分在路灯下湿漉漉地闪着光。"我们只需等那位朋友自己回来。"

"回来？"韦利警佐说道，"他会犯这种错误？"

"一定会的，韦利。"埃勒里小声嘟囔道，"好好想想。那个穿防水外套的人是怎么到阿塞尼亚公寓来的——？"

"到这儿来？"

"是啊。难道是坐出租车吗？门卫说不是。步行来的？不是，如果他步行或者跑步过来，那么大的雨，即便是从麦迪逊大道拐角那么近的地方出发，也会被这样的倾盆大雨浇湿，可门卫说他的防水外套和帽子都没有我的湿——我到这里的时候，从车那里蹦到雨棚下面，只需要两三步。那么结论是什么呢？那个穿防水外套来的家伙是开车来的，而且他的车和我的车停在离雨棚差不多近的地方。"

只听他爸爸哽住了一口气。奎因探长恍然大悟。

"而此时此刻，离这儿最近的车就是在阿塞尼亚公寓门口的雨棚和旁边建筑入口之间的那几辆：我的车、我后面的两辆车，以及那辆占用行车道的车，也就是我后面那辆车旁边的一辆。那么，到底哪一辆是那个穿防水外套的人的车呢？当然不会是我那辆，也不会是之前的那辆——那对情侣是从对面街上的大楼过来的，人家后来开车走了，而且是在防水外套人离开阿塞尼亚公寓之前就开走了的。

"所以，防水外套男的车一定是剩下三辆中的一辆。到底是哪一辆呢？

"让我们想想。防水外套人是在我要上楼去莫戴斯塔家的时候逃走的。正常来讲，他一定会跳到自己车上——那三辆中的一辆——然后开车逃走。是不是？然而事实并非如此——我发现莫戴斯塔遭遇枪击之后立即从楼上跑下来，发现这三辆车依旧停在这里。为什么他没有开车逃跑？很明显，因为他没有办法。那么，他的车就是我后面的那辆，停在最中间车位上的——被医用车围住的那辆！"

探长的语调听起来很有力："于是，你想把你那辆破车挪走……好给他的车腾出空间来，等风声一过，他就会来取走他的车。"

"正是。"埃勒里说道。

"那么现在，"警官苦着脸说道，"你只需要告诉我，你怀疑的人是谁。"

"啊，就是某个人呗。"埃勒里回应道，之后说了个名字。随后，两人感叹了一下，埃勒里咧嘴笑着说："至少，我有99%的把握。"

凌晨4：15，一个人影突然鬼鬼祟祟地窜过阿塞尼亚公寓门口，冲到埃勒里所说的那辆车里，此时韦利警佐上前死死地抓住了他，他扭来扭去想逃脱警官的铁爪，可惜一切都是徒劳。

正如埃勒里所料，的确是那个人。

等他们赶到市中心去立案并听取完嫌疑人供词之后，整个城市都已经蓄势待发，准备进入工作状态了。之后，他们疲倦地爬进埃勒里的车，往住宅区那边的医院开去。

在理查德·奎因过去询问莫戴斯塔的状况时，韦利警佐这才把事情的经过捋得差不多："我真有那么笨吗，埃勒里？到现在我还没想清楚你是怎么——"

"别自责了，"埃勒里安慰道，"门卫和我都见过那个穿防水外套的人，而你却没有。他在楼梯口急匆匆地从我们身边经过时，我就觉得他的穿着有些特别，后来才意识到哪里不对：他身上穿的那件双排扣外套，扣子是系在左边的。在左边系扣子的通常都是女人，男人都是在另外一侧。于是我便想到，穿防水外套的那个人应该是女扮男装。可到底是哪个女人呢？范·奥尔德是个鳏夫，基德·卡特是个单身汉，而且两人都没有什么情感纠葛。但乔克·尚维尔是个已婚人士，所以很有可能是他妻子。正如她所说，她那天偷听到了莫戴斯塔的电话，还听到她说想成为尚维尔夫人，于是，她想凭借训练有素的演技采取进一步行动。"

探长满脸微笑地回来的时候，韦利警佐还在摇头。

莫戴斯塔没有生命危险了——不过她得重新弄一件睡衣了——她明确指认皮尔莱茵·尚维尔嫉妒她，还毁了她的低领睡衣。

再后来，他们拖着困倦的步子回到埃勒里车上，发现车上有一张罚单，因为他们把车停在了医院的专用区域。

无家可归

当时,他们是跟着其他人一起进到公寓楼里的。不过,在中央大厅旁边的一间屋子里,他们发现了一个被枪打爆了半颗头的男人,而拿枪指着他的是一位漂亮的金发姑娘,那姑娘左手戴着一枚崭新但廉价的金质婚戒。

韦利警佐小心翼翼地握住枪筒,把枪从她手上拿过来。奎因探长看了看她手上的戒指,问道:"请问您是——"

"格雷厄姆夫人,"那姑娘说道,"琼·格雷厄姆。"

说完,她就晕了过去,埃勒里赶紧上前扶住她。

案件发生的24小时前,布罗克正窝在他乱糟糟的床上收看第二天第四场比赛的消息,这时,房东前来造访。

布罗克起来把公寓门打开。只见房东鼻梁受了伤,身上衣服的颜色搭配是粉色和棕色。

"这不是芬格先生吗,"布罗克惊讶地说道,"您不会是亲自来给我检查屋子里的蟑螂的吧？"

芬格先生没有作声，径直走进屋子，带来一种不祥的感觉。布罗克将他推进脏兮兮的卧室，把门关上。

"您有什么事？"布罗克问道。

"房租的事。"芬格先生又矮又胖，右手戴了颗硕大的红宝石戒指。他在曼哈顿西区北部有八套公寓楼。"那些人的房租，布罗克先生。"

布罗克看了看房东那肥胖的大拇指——看来事情败露了。"哪个浑蛋走漏了风声？"布罗克说道。

"你是在说我的经理人吗？就算是他吧。"芬格先生冷冷地说道，"是这样的，布罗克，你背着我将你租的五个房间转租出去三个。这可是违法的。"

"您该不会是认真的吧。"布罗克说道。

于是，芬格先生开始骂骂咧咧地说起那几个素未谋面的租户："沃杰斯卡夫人，没有丈夫，两个孩子，她是个夜间清洁工——你的租户。还有一个自称史密斯的游手好闲的家伙。史密斯，哼哼！还有一个姓格雷厄姆的美国大兵和他的妻子，他刚刚服役回来。布罗克，那六名租户可没有和哈维·芬格签订租约。"

"我们谈谈吧。"布罗克露出镶金的牙说道。

"我们这不是在谈吗，难道不是吗？"房东说道，"你每间房每周收25美元的租金。一个月下来，你的收入就差不多有325美元。你每月付给我的经理人40美元，还固定付给我85美元。布罗克先生，虽然我没上过什么学，但我也能算清楚，你每个月在公寓租金这块儿挣得的净收入是200美元。所以，你说，我是不是应该向国家临时租赁委员会投诉你这种行为？"

"哦，变聪明了嘛，"布罗克说道，"这么说我要被赶出去喽。哦，是有人出主意让你签订一份新合同吧，每个月多收12美元75美分，这样一来，你就可以把房子重新装修一番，再把管道修理修理，检修一下线路，还可以干点儿别的什么老天才知道的事。芬格先生，说吧，你想怎么分成？"

芬格先生静静地说："五五分。"

布罗克听明白了他的意思："你这是抢劫！"

"这种话能伤害到我吗？"房东耸了耸肩说道，"你要么每个月多出100美元，要么就给我滚出去。"

"50美元。1分都不能再多了。"

"100美元。"

"75——"

"我这个房东一向只开一口价，"芬格先生似开玩笑非开玩笑地说道，"布罗克先生，你到底是交钱还是走人？"

布罗克一脚踹开扶手椅。那是他自己的椅子，所以芬格先生只是静静地看着。

"那些家伙可不是随时听我召唤的，"布罗克低吼一声道，"我得找时间去凑钱。"

"那就快点儿。"芬格先生笑着说道。走到门口时，他转过身来："限你到明晚8点钟。"

"真是麻烦。"布罗克苦着脸说道。

等那个矮胖子男人走了，他才来到走廊里，走到沃杰斯卡夫人家门口，忽地一下把门推开。沃杰斯卡夫人正躺在床上，一个小姑娘正在喂汤给她喝，另一个小姑娘正在往妈妈头上敷冰。两个小姑娘一见他进来，赶紧停下手中的活计，跑到四脚不稳的破沙发后面躲了起来。

"你就不知道敲门吗？"女人声音嘶哑地说道。

布罗克皱着眉说道："你病还没好？"

"是病毒感染，"沃杰斯卡夫人说着将被单往上拽了拽，"你想干什么？"

"收房租。"

"我下周给你。"

"听着，我已经被糊弄过无数次了。结果呢？"

"我找到了一份工作，明天就去上班。可以请你离开了吗？你把我的孩子吓着了。"

"哦，我把孩子吓着了！"布罗克委屈巴巴地说道，"听着，社交牛人夫人，我需要这笔房租，懂吗？要么明晚之前交房租，要么就带着你的孩子们去睡大街吧。我可不是救世主！"

正当布罗克想其他法子时，长得精瘦的美国前大兵汉克·格雷厄姆突然闯了进来面对着他。

"那么，布罗克，"格雷厄姆怒气冲冲地盯着他说道，"你放哪儿了？"

格雷厄姆比布罗克瘦大约20磅[1]的样子，然而他腮部的轮廓有一种强烈的压迫感，使得布罗克一下子退到扶手椅后面。

"什么放哪儿了？"布罗克小心翼翼地问道。

---

[1] 英制质量单位，1磅折合0.4536千克。

"我的钱！"汉克·格雷厄姆说道，"别跟我装蒜了，伙计。我要把你从我房间里拿走的那3000美元要回来，而且现在就要。"

"等等，等等，"布罗克嘟囔道，"你有3000美元？"

"是我存下来的，上个月从德国那边取出来，正是有了这笔钱我才敢结婚。没有人知道这笔钱的事，布罗克，连我妻子都不知道。我把它藏在房间里，准备给一套在泽西的房子付首付，好给琼尼[1]一个惊喜，却突然丢了，只有你有房间的备用钥匙。"

"我可是刚刚才知道。"布罗克心不在焉地说道。

年轻的格雷厄姆逼近扶手椅："快点儿给我，你个浑蛋，否则我就报警了。"

"冷静冷静，长官。我没有拿你的3000美元。不过我知道是谁干的。"

"是谁？"

"据我的经验，你应该先调查清楚再确定那个人是谁。"布罗克说道，"你看，格雷厄姆，大喊着'还钱'是没有用的，你连1分都拿不回来。不过，给我点儿时间，我想我能帮你把它拿回来。"

汉克·格雷厄姆看了看他。

"明天晚上，"他郑重其事地说道，"我要么拿回钱，要么就送你去警察局。"

接着，门哐当一声关上了，布罗克目送这位美国前大兵回到自己的房间。美丽的琼·格雷厄姆正在门口等他。她穿着紧身睡衣，

---

[1] 琼·格雷厄姆的昵称。

布罗克不自觉地瞟了几眼她那凹凸有致的身材。只见她面带疑惑地问了他些事情，格雷厄姆强装笑脸。之后，他们就进了屋，把门锁上了。

布罗克等了一会儿。

他蹑手蹑脚地进到走廊里，轻轻地敲了敲最后那位租户的门。

"开门，史密斯，"他小声说道，"我是布罗克。"

接着，他听到哗啦的一阵链锁声，笑了。装链锁是史密斯自己主张的。

史密斯赶紧把脑袋探出走廊来看看后面有没有人，随后示意布罗克进屋，紧接着就又把门锁上了。史密斯是一个骨瘦如柴的黑人，有着深深的眼窝。

"你来干什么？"他用龌龊的语调问道。

"格雷厄姆的那3000美元。"

"什么，什么？"史密斯激动地说道。

布罗克伸出手去帮史密斯弄了弄沾有蛋渣的领带："我没有拿，也不可能是沃杰斯卡那家人，要是真拿了那么多钱——谁还靠刷地板为生呢？所以，就剩下你喽，小史。区区3美元的门锁怎么能挡住你进格雷厄姆家呢？"

"你精神错乱了吧，"史密斯一边试图往后退，一边嬉皮笑脸地说道，"我可不知道那3000美元的事——"

布罗克双手抓住史密斯的领带。史密斯的眼神开始变得惊慌失措，他脸色发青，腿开始哆嗦。

"你这个浑蛋，"布罗克笑着说道，"你以为揭露你的罪行需要花上多长时间？一个只有晚间才偶尔出门几分钟，其余时间都窝在家里的家伙。你是拉特西·约翰逊,是弗兰克·庞波的眼线。刚入夏,奎因探长就一直在找你,他在检察院起诉了庞波,要你去做证,庞波也在找你,他可不想让你出现。你到底是老老实实地把格雷厄姆的3000美元交出来,还是让我给奎因和庞波通风报信,告诉他们你的藏身之地?"

约翰逊一个劲儿地指着喉咙。布罗克稍微松了松手。

"我们做个交易吧。"那个躲逃的家伙喘着粗气说道。

"用什么做交易?"

"诬陷,用它来做交易!布罗克,如果没有钱的话,我肯定过不了检察院那一关。我现在已经走投无路了。你要是把这笔钱拿走了,我就只能接受审判,到时候我就说是你把我窝藏到这里的!明白吗?"

布罗克想了想,随后松了手。

"好吧,我去试着哄骗一下那小子,看看还给他1000美元他能不能同意,剩下的钱我给你500美元。"

拉特西·约翰逊摸着自己的脖子说道:"剩下的钱我们得平分,你明白吗?"

"你还真是个硬汉,"布罗克感叹道,"钱被你藏哪儿了?"

约翰逊拿出一只廉价的烟盒来。只见他从里面拿出一支烟,那烟脏兮兮的,个头超大。紧接着,他将烟纸剥开。烟纸被撕开一道裂缝后,一头露出了烟草,另一头露出了过滤嘴,中间是一卷浅绿色的纸。他打开那卷纸,原来是三张1000美元面值的汇票。布罗克一把夺了过去,之后低头看了看自己的手指。原来是烟纸上的油印沾在了最外层那张汇票上。

"你这抽的是什么，燃油吗？"布罗克用一条丝绸手帕将汇票包好，小心翼翼地放起来。

约翰逊一把抓住他："把我的那份还给我，你个骗子！"

布罗克那只大手用力一挣，只见约翰逊像条硬邦邦的鱼一样摔倒在地："嚷什么，拉特西？等我骗成了格雷厄姆再把你的那份给你。他还有可能不同意呢。"

"好吧，好吧，"那逃犯在地上哭诉道，"但你骗了我，布罗克，请你帮帮我……"

布罗克咧嘴笑着出去了。

这是星期二晚上发生的事。

星期三，韦利警佐的一个线人传话来，说拉特西·约翰逊就藏在西区公寓楼有人租下的4-A室里。从星期三下午起，韦利就安排了人手去监视，等约翰逊出现。此人应该没有携带武器，不过，他被当作危险人物，在街上对他实施抓捕相对安全。屋顶上、四楼和公寓大厅里都安排好了探员。此次要抓捕的人非常重要，所以，奎因探长亲自带队，埃勒里也跟着过来了。

晚上8：30，探长决定不再等了，于是，他们冲进4-A室。结果，他们不仅找到了拉特西·约翰逊，还发现了老骗子查利·布罗克的尸体。布罗克是被一把点四五口径的手枪从近距离射杀的，凶手作案时用枕头将枪口堵住，起到了一定的消音作用。尸体被发现时还是热的。

没过几分钟，他们就知晓了布罗克擅自将五个房间中的三个转租出去的违法行为，也了解了头一天晚上发生的事，还很快得知了布罗克威胁沃杰斯卡夫人说如果不交房租就将其赶出去的事情。此外，愤愤不平的前大兵汉克·格雷厄姆还立即举报了自己那3000美元被偷的事。甚至连房东芬格24小时前向布罗克下最后通牒的事也都被记录在韦利警佐的记录本上。对此，芬格先生觉得，与其被卷入一场凶杀案中，还不如坦白自己在房租方面的一些小谋划，这样更划算一些。

拉特西·约翰逊被发现时正缩藏在房间里，他小心翼翼地将链锁打开，看得出来，他目前的处境十分艰难，几乎让他承受不了了——被警察逮到，又被流氓老大弗兰克·庞波追杀，现如今又被牵扯进一桩谋杀案——他老老实实承认是自己偷了年轻人格雷厄姆的钱，星期二晚上跟布罗克做交易的事也都和盘托出。

一切都已经很明朗了，只有一件事除外，那就是，星期三晚上8：00—8：30，老骗子查利·布罗克那间脏兮兮的房间里到底发生了什么——一定有人说了谎。

还有几分钟就要到晚上8点的时候，哈维·芬格房东来公寓楼里向布罗克索要他的那份租金。负责监视的探员们放他进去了，不过几分钟之后他出来的时候，就被探员们给截住了。后来，8：30，探员们进到公寓里去抓捕约翰逊时发现了布罗克的尸体，那个矮胖房东一口咬定说自己离开时布罗克还是活蹦乱跳的。

汉克·格雷厄姆说，芬格离开之后，他去过布罗克的房间，还跟布罗克聊了大概5分钟，他也说自己离开时布罗克是好好的。

拉特西·约翰逊说他星期三一整晚都没见到过布罗克，沃杰斯卡夫人也这么说。流氓约翰逊没有不在场证明，而沃杰斯卡的两个小女儿也无法证明母亲说的话，因为整个晚上她们俩都在公寓楼后面的胡同里跟其他孩子玩跳房子游戏。

于是,案件重点直指那位美丽的金发姑娘。在案发现场,她站在尸体旁边,手里握着枪。

她晕过去之后被埃勒里和近乎疯狂的丈夫叫醒了,此刻,她正坐在布罗克家的一把椅子上,脸色苍白,浑身发抖。

"你为什么要杀这个人?"奎因探长对她说。

"她没杀他,"汉克·格雷厄姆喊道,"还有,看在老天的分儿上,能不能把尸体盖上。"

韦利警佐只好用晚间报纸将尸体遮盖了一下。

"我没有杀他,"琼·格雷厄姆没敢抬头,说道,"我来这里是想跟他谈谈,结果就发现他现在这个样子。"

"那手枪是怎么回事?"埃勒里轻声问道。

"是我从地上捡的。"

"为什么?"

她没有回答。

"无辜的人看见死人之后立即把枪捡起来,这通常都是电视或者电影中的场景,"埃勒里说道,"然而在现实当中,真遇到了这种事,恐怕他宁可捡起一条活着的眼镜蛇。你为什么要捡起那把枪,格雷厄姆夫人?"

姑娘绞着她的双手:"我……我不知道。我猜,我当时并没有多想。"

"那你之前见过那把手枪吗?"奎因探长问道。

"没有。"

就这样过了一会儿。

"据我们目前掌握的状况来看,"奎因探长对汉克·格雷厄姆那位漂亮的新娘说道,"你丈夫去布罗克的房间索要他之前承诺找回来的3000美元。布罗克给了他1000美元,想了结此事,你丈夫就火了,不愿接受。于是,他跑回房间准备报警。这个时候他才将自己在国外攒了3000美元的事告诉你,结果这笔钱还被人偷了,是不是这样,格雷厄姆夫人?你这才知道整件事,对吧?"

琼·格雷厄姆生硬地点了点头。

"你为什么劝你丈夫不要报警?"

"我担心汉克会吃亏,或者……或者会发生其他什么事,我本来就不想租这间屋子。我不喜欢布罗克的眼神。"

韦利警佐打量了一下这姑娘的身材:"布罗克骚扰过你?"

"没有!我是说——好吧,只有一次,当时汉克不在家。我就给了他一嘴巴,他哈哈大笑着出去了。不过,他再也没那样了。"

"怎么没听你说过。"汉克·格雷厄姆慢慢地说道。

奎因探长和儿子互相递了个眼神。

"现在来说说那把手枪的事吧,格雷厄姆夫人。"埃勒里说道。

"关于手枪的事我已经说过了!"

"你劝你丈夫不要报警,紧接着你就到布罗克的房间去,看看自己能帮忙做些什么,"探长说道,"就从这里开始往下说吧。"

"可我已经说过了!"

"那就再讲一遍。"

"我敲了敲门,"琼·格雷厄姆不耐烦地说道,"没有应答。于是我就试着开了开门,结果门就开了。我进了屋。他就躺在地板上……尸体乱糟糟的。他旁边有一把手枪。我就捡了起来,紧接着你们就进来了。"

"你为什么要捡起那把手枪,格雷厄姆夫人?"

"我都说了,我也不知道为什么。"

"那就由我来告诉你吧。"埃勒里说道,"你之所以捡起来,是因为你认识那把手枪。"

"不!"她几乎惊叫道。

"与其在这里拷问这个可怜的姑娘,"汉克·格雷厄姆嘟囔道,"还不如帮我找找那3000美元呢。"

"哦,已经找到了,格雷厄姆。钱就在布罗克房间里,被塞到了一只鳄鱼纹皮鞋的衬里下面。而且那只鞋就穿在布罗克的脚上。"奎因探长笑着说道,"不过,我们还是别转移话题了,格雷厄姆。关于那把手枪,你妻子撒了谎。"

"我没有!"姑娘绝望地喊道,"我以前从没见过。"

"演得不错,格雷厄姆夫人,"埃勒里说道,"不过还不到位。其实,那是你丈夫的手枪——一把点四五口径的军用枪。你丈夫汉克和他争吵过后,你发现手枪就放在布罗克尸体旁边,所以你自然而然地以为是汉克杀了他。是不是?"

"汉克,不!不是!"

"没有用,亲爱的。"汉克·格雷厄姆摇了摇头,"好吧,奎因先生,那是我的枪。可是我没杀布罗克。我离开的时候他还好好的。"

"那是你个人的说法。"奎因探长遗憾地说道,因为他这个人完全不懂年轻人之间的感情。不过,他示意了一下韦利警佐。

"汉克！"姑娘飞奔到他那边，一下子抱住他哭起来。

"你的这种说法中还少了点儿东西。"埃勒里用温柔的眼神看了看琼·格雷厄姆，对汉克·格雷厄姆说道，"你遗漏了些事情，格雷厄姆。"

汉克·格雷厄姆轻抚着妻子的头发，连头都顾不上抬一下："是吗？"

"是啊。一个能洗清你冤屈的细节，你个傻瓜，那才是这件谋杀案的关键所在！"

埃勒里命人将杀害布罗克的凶手带进来。

"你一直在说你的钱是被人从家里偷走的，格雷厄姆，而且约翰逊也承认是他偷走了钱。可你忘了告诉我们而约翰逊也故意没有交代的是你的藏钱地点。"

接着，他将放有证据的警用信封拿过来，从里面拿出了格雷厄姆的钱。

"这三张面值1000元的汇票是被紧紧地卷起来的，最外面那张沾上了油污，"埃勒里说道，"所以说，格雷厄姆，你是把钱藏在了某个类似于狭管的地方，而且那里还有油。汉克，你为什么不直接告诉我们，为了安全起见，你把这几张汇票卷起来塞进了你那把点四五口径的手枪里了？"

"老天。"汉克呻吟道。

"当时，拉特西·约翰逊偷偷去你房间不是为了偷钱，而是为了你那把45毫米口径的手枪。他自己没有枪，觉得你这个刚刚退役的美国大兵或许有。拿到那把点四五口径的手枪之后，他仔细研究了一下,这才在枪管里发现了那三张汇票。"

"拉特西,你就是用这把藏钱的手枪杀害了布罗克,"埃勒里说道,只见那个逃亡犯脸一下子就绿了,"今晚,格雷厄姆从布罗克的房间离开后,你就偷偷溜了进去,把布罗克打死了,想找到他从你那里骗走的钱,结果没有找到,你害怕了,赶紧躲回自己房里。琼·格雷厄姆一定是恰巧没有看见你去布罗克的房间,只是发现他死了。"埃勒里转过身来笑着对那对新婚夫妇说:"还有什么问题吗?"

"有,"汉克·格雷厄姆一边给妻子擦眼泪,一边说,"有谁认识靠谱一点儿的房产经纪人吗?"

奇迹会发生的

那晚,亨利只在她脸上蜻蜓点水般地亲了一下,克莱尔就知道,一定是有什么事。不过,她只是问了些身为妻子应该问的问题:"今天上班怎么样,亲爱的?"

"还好。"亨利·威特说道。克莱尔知道,应该不是工作上的事。亨利说:"乔迪今天怎么样?"

"还和往常一样,亲爱的。"

亨利把外套、帽子和橡胶鞋放到大厅壁橱里,这时,另外三个孩子一窝蜂地跑过来,在他口袋里翻找糖果。因为每到发工资的日子,他都会给孩子们买些糖果带回家。

"又是这么小的一块。"小萨尔愤愤不平又口齿不清地说道。

"我想要大的!"5岁的皮特吵嚷道。

10岁的艾迪了解家里的经济状况,只是不声不响地拿走了属于自己的那一份。

"你们两个不觉得羞愧吗?"克莱尔对萨尔和皮特说道。

没想到亨利却用一种异常的语调说道："为什么要羞愧？事实就是如此。"说完，他回到卧室里去看乔迪，乔迪今年8岁了，自打5岁之后就一直卧病在床。

晚饭过后（他们的晚饭是斯科尔特先生家最便宜、最小份的排骨，周围点缀些青豆），克莱尔哄睡了萨尔和皮特，让艾迪去看电视，又安顿好乔迪，之后赶紧回到厨房。她帮亨利收拾好餐具，接下来，威特夫妻二人坐在厨房的案桌上开始了每周例行的家庭会议——克莱尔拿着账本，亨利拿好纸和笔，中间放着他的工资。

克莱尔大声而随便地读着消费的款项，亨利在账本上记下来。定额花销：房租、煤气费、电费、电话费、电视机分期付款、人寿保险费、医保费，还有个人贷款。日常花销：食品、洗衣费、亨利的零用钱。"额外花销"一栏：给皮特买新鞋，给艾迪买作业本，修理吸尘器。再往后，有一栏是独立出来的，表头写的是"乔迪"，看着就令人触目惊心：药费、诊疗费、上一次手术费的分期付款……

亨利又默默地在后面加了两栏。

"花销一共是89.61美元，工资收入是82.25美元。差额是7.36美元。"亨利脸上的肌肉又开始抽搐。

克莱尔刚想说什么，话到嘴边又咽了回去。又是有关乔迪那一栏花销的事。要是没有这项花销，他们手里会有盈余，有些小存款，孩子们也能穿上梦寐以求的衣服……克莱尔立即打消了这些念头。

亨利清了清喉咙。"克莱尔。"他开口道。

"不，"克莱尔叫道，"不，亨利！或许你已经不再对乔迪抱希望，但是我没有。无论如何，我是不会把我的孩子送去国有的福利机构的。她需要家人——需要我们给予她爱与帮助——或许有一天……亨利，我们会不得已把电话拆掉，或者是把电视机送走。过几个月，你不是要涨工资了吗？我们一定能挺住。"

"谁说要把乔迪送走了？"亨利怪里怪气地说道，克莱尔听了打了一阵寒战。他继续说："不是的，克莱尔。"

"那是怎么了？我知道，从你一进家门我就觉得你哪里不对劲儿。"

"是塔利那边。今天下午在单位，他给我打了通电话。"

"塔利。"克莱尔静静地坐着。去年，乔迪需要第二次手术，可他们已经把当年的健康保险金花光了，无奈之下，亨利只好去借高利贷。"他想干什么？"

"我不知道。"亨利伸手去掏烟。可他突然想起来今天已经把每天定额的烟都抽完了，只好又把烟盒放回到口袋里："他只是跟我说明天晚上去他办公室一趟，7点钟。"

"你上个月已经把贷款利息还给他了呀。还是——你还了吧，亨利？"

"当然还了。"

"那为什么——"

"我都跟你说了，不知道！"

老天呀，克莱尔心想，如今请不要再出什么事了。想到这儿，她起身坐到亨利身边，将那发红开裂的手放到他那瘦弱的肩膀上。

"亲爱的……别担心。"

亨利说:"谁担心了?"此时的他,真希望自己脸上的肌肉不要再跳了。

"请坐吧,威特。"塔利坐在昏暗的办公室里。屋子里只有两把椅子,他示意威特坐在另一把椅子上,然后把亨利的文件夹放在办公桌上,翻阅着。

亨利坐下来。屋子里什么都没有,只有一张旧桌子和一把转椅、一个档案柜、一个大的金属纸篓、一名客户,以及一把"客户坐的椅子",然而往来这个办公室的人似乎总是川流不息。周围的一切看上去都是那么廉价,破旧,脏兮兮的,就像塔利本人一样。这个放高利贷的人长得很瘦,一双眼睛犹如生了锈的刀片。

"你的案卷很干净。"塔利将文件夹扔到一旁,说道。

"我一直都在努力地按时还钱。"说着,亨利想起自己那些不吃午饭饿肚子的日子,想起每天给自己限定的吸烟的数量,想起过分节衣缩食的克莱尔,想起孩子们身上那带着补丁的衣服,想到这些,他不禁气愤地说道,"您到底有何贵干,塔利先生?"

"本金的事。"塔利冷冷地说道。

"本——"亨利不自觉地要站起来。

只见高利贷放款人往椅子上一靠,转椅转动了一下,发出吱吱的响声,亨利听了脊背发凉。"这么说吧,我最近资金周转有些紧张。放出去的款太多了,能明白我的意思吧?所以,不好意思,我得回笼点儿资金。"

"可是塔利先生,我当初借款的时候,您跟我保证说——"

"现在别跟我说这些。"他一边说着,一边用手随意翻了翻文件夹里的几张纸。他那原本吃人的眼神突然变得急切起来："朋友，协议中有一条即期偿还条款[1]，想看看吗？"

亨利想都不用想，他知道那些晦涩难懂的条文都说了些什么。然而就去年的情况而言，不管是什么条款他都得签，因为他在合法借贷公司的借款已经达到了最高限额，塔利是他最后的选择。

塔利点燃一支大雪茄："我给你48小时的时间，通过有效的付款方式向我支付490美元。"

亨利用手指摸了摸自己脸上抽搐的肌肉："我没有钱，塔利先生。"

"那就去借。"

"不行。我已经不能再贷款了。我还有一个残疾孩子——她要做手术，每天都要请诊疗师来给她诊疗。"

高利贷放款人拿起一把开信刀，用锋利的刀尖清理指甲："听着，威特，你有你的难处，我也有我的难处。星期四晚上9点，把资金票据带来，否则我可就要采取行动了。"

亨利跟跟跄跄地出了门。

星期四晚上，埃勒里正在家中看电视，播放的节目是《深夜秀》，这时门铃响了。他打开门，一个女人穿着家居服，外面套着一件破旧的外衣，一下子倒在他的怀里，看眼神已经陷入了狂乱。

"您是奎因先生吗？我是克莱尔·威特，是亨利·威特的妻子。我就住在这片街区——邻居在家帮我照看孩子——我一路跑过来。人们都说您能帮助有困难的人——"

---

[1] 一种合同条款，允许放贷人在任一时间无条件要求贷款人支付全部欠款。

"别着急，威特夫人，"埃勒里将她扶起来，说道，"您有什么困难？"

"我丈夫刚刚被警察带走了，我知道负责人是奎因探长。我听说了，他是您的父亲。可是奎因先生，那不是亨利干的。"

"什么不是他干的？"埃勒里问道。

"他没杀那个放高利贷的人！他们把亨利带到了塔利尸体所在的办公室。我不知道该怎么办了。"克莱尔·威特像个小姑娘一样呜呜大哭。

"走，这就走，"埃勒里说道，"我去拿帽子。"

10：30的时候探长为凶杀案的事给儿子打过电话，要他过去，他推托说太累了，没有去。可还没过两小时，老人就看见儿子出现在案发现场，着实有些吃惊。

"我代表克莱尔·威特夫人问一下，"埃勒里跟老人说，"她丈夫是以什么罪名被指控的？"

"凶杀案嫌疑人。"

"就这么定性了吗，爸爸？"埃勒里瞥了一眼闹哄哄的办公室，他把克莱尔·威特安置在大厅里了，交由巡警照管，"那位就是我的委托人吗？"

一位面色苍白的男人正靠墙站着，肩膀塌了下去，闭着眼睛。窗户似掩非掩的，在他与窗户之间立着韦利警佐硕大的身躯。不远处有一个脏兮兮的老太婆、一个身穿精致正装的胖墩墩的女人，还有一个像意大利人的男性，他长着一脸灰白色的络腮胡子。三个人挤在一起。

奎因探长点点头:"就是挨着韦利的那个人。你不会是想告诉我,威特看着不像杀人犯吧。"

"他的确不像。"

"会有证据表明他是的。总之,那个人就是威特。"

这时,负责运送尸体的工作人员正在把塔利先生的遗体装箱。埃勒里瞥了一眼那件棕色夹克衫的后片,上面沾着血迹。

"怎么不见凶器?是刀吗?"

"凶器是塔利的开信刀。肉眼是看不到指纹的,所以把它送到实验室去了。"

埃勒里看了看空荡荡的房间和光秃秃的地板:"桌子上是空的,空抽屉都是敞开的,你们来的时候就是这样吗?"

"除了开信刀被挪了地方,别的都没动。对了,塔利放高利贷,最近风头有些紧,他一定是觉察到了什么。所以,他准备逃走。总之,大概就是这样吧。普劳蒂说塔利是今晚8:30—9:30被杀的。"

探长停顿了一下。塔利先生要被抬出去了。埃勒里猜想,尸体被抬过大厅时,克莱尔·威特一定会伏在巡警的肩膀上尖叫一番。尸体上沾有血迹。

"那个时间段里,有三个人进过他办公室。"探长继续说道,"第一个来的是站在大胡子男人身边的矮胖女人——她是莱斯特夫人。大胡子先生是第二个到他办公室的——他是一名理发师,名叫多米尼尼。最后来的是威特。"

"莱斯特夫人旁边的那个老妇人是谁?"

"是这栋楼的清洁工。就是她发现的尸体。"探长抬高声调说,"博根夫人?"

只见那老妇人趿着一双不成形的鞋子走过来,身上依旧穿着工作服,死气沉沉的白发上裹着一块脏兮兮的防尘头巾。

"跟我们讲讲事情的经过吧,博根夫人。"

"10点刚过了几分钟,我来这里打扫。"她口中的假牙不怎么合适,所以说话时会发出咝咝声和气泡声,就像水从生了锈的水龙头里流出来时一样,"我只看见塔利头朝下趴在办公桌上,一把刀插在他的背上。都是血……"她骨碌着那泪汪汪的眼珠子。不过此刻,办公桌上已经什么都没有了。

"你动过这里的东西吗,博根夫人?"埃勒里问道。

"我?我赶紧头也不回地一边喊一边跑出去了,还好在街上看到一名警察。我就知道这些,先生,恐怕今晚做梦都会梦到那把插在他背上的刀。"

"你没听到什么声响吗——打架、争执——在晚上8:30—9:30?"

"那个时间段我不在这层楼,在下面两层打扫楼道。"

"莱斯特夫人。"奎因探长朝那边喊道。

紧接着,那位身穿精致正装的胖墩墩的女人过来了,能够看出,她浓妆之下的脸色是苍白的。她已经近50岁了,头发被染成了鲜艳的红色,上半身的衣服是紧身的。只见她一个劲儿地咬嘴唇,看上去有些紧张,埃勒里觉得,通常来讲,没什么活儿可干的女人往往会陷入长期的焦虑不安中。

"你也是塔利的受害者之一吗?"他问道。

"请不要告诉我的丈夫,"莱斯特夫人情急之下脱口而出,声音高得变成了假声,"他会不要我的,没有开玩笑。我是迫不得已才偷偷去借高利贷的。是这样的,因为……嗯,我们几个闺蜜组建了一个小型的午后牌局,原本只是玩玩而已,可我也不知道为什么,后来弄得越来越离谱……问题是,我输了很多钱,绝大多数是被卡森夫人赢去的。如果我丈夫菲尔知道了这件事——他是一个十分痛恨赌博的人……总之,她说,如果我不还钱,就把这件事告诉菲尔。所以,我从这个放高利贷的老手这里借了600美元。"

"塔利要求还钱,是不是,莱斯特夫人?"

那女人戴着手套的双手开始揉搓起来:"他说截至今晚8:30,我必须把所有钱都还清。可与此同时我输了更多的钱——我敢说,一定是那些老太婆出老千!所以,今晚8:30的时候我来到这里,给了塔利200美元——这是我能凑到的全部。我把家里的钱都拿来了,还当了一枚戒指,跟菲尔谎称戒指丢了,这才凑到这么多钱。可那个家伙,他说什么也要我还完所有的钱。于是我开始乞求他再给我点儿时间,但他这个浑蛋只是坐在那里把书桌的抽屉都倒空了,纸扔得到处都是,完全无视我的存在,仿佛我就是个垃圾!"

"他为什么要这么做,莱斯特夫人?"

"我怎么知道?他收了我的钱,说明天早上必须把剩下的400美元都交给他,否则就去找我丈夫。我离开时,他还在撕文件。"

"也就是说,那个时候他还活着。"埃勒里笑着说道。

"你是在开玩笑吗?哦,你们该不会是以为——"说着,她那原本哭得发肿的眼睛里露出了受到惊吓的神情。

"多米尼尼先生。"奎因探长喊道。

只见理发师既痛苦又激动,一个箭步冲过来。他惊呼着说,为了让他那十个孩子吃上意大利面，穿上皮鞋，他要理很多发，剃很多须。他在一个小街坊开了一家小店，为数量有限的住户提供日常服务。后来街区发展越来越差，很多穷人搬到这里来，多米尼尼先生说，即便是抬高理发的价钱，也无法供应日常的开销，日子越来越难过。最后，他的小店面临倒闭。

"我去了银行，银行说，多米尼尼，你已经无法承担任何风险了。"理发师一边挥舞着他那双毛发浓密的干净的双手一边吼道，"我能怎么办？这才去找塔利，这个吸血鬼！"

一年以来，他一直都在努力偿还塔利那高昂的高利贷利息。后来，星期二的时候，那个放高利贷的人给他打电话，要他在周四晚上之前把所有的债务都还清，说时间截止到8:45。

"多米尼尼要去哪里筹到1500美元？"大胡子理发师尖叫道，"我给了他565美元，那是我的极限了。他却说，多米尼尼，这怎么够呢。我说：'好吧，塔利先生，你去开一家理发店，我给你打工。'他骂了我一句，拿起钱，让我滚，还说要起诉我。几个小时之后，警察就找到了我。这是为什么？我妻子在家哭，孩子们在床下乱跑……我没有杀塔利！"

"也就是说，你今晚离开这间办公室的时候他还活着，是吗，多米尼尼先生？"埃勒里说道，"你知道的事情经过就是这样，是吗？"

"千真万确！"

"让莱斯特夫人走吧。"奎因探长小声说道。

埃勒里皱了皱眉。"那你在场的时候，"他问理发师道，"塔利在干什么？"

"就像那位女士说的那样。他从文件柜里往外掏东西,然后把文件和文件夹都撕毁了。"

"让我们见一见,"探长说道,"那位亨利·威特吧。"

韦利警佐不得不过去扶着亨利上前。只见这名会计正瘫在椅子上,脸上的肌肉跳了很久依旧不停。突然,他鼻孔张大,抬起头来看了看。原来是埃勒里正在点烟。

"能给我一支吗?"亨利问道,"我的抽没了。"

"当然可以。没有关系的。这一盒都给你了。"

"哦,不——"

"我还有一盒,威特先生。"

"谢谢。非常感谢。"亨利如饥似渴地吸了一口,"很久之前我就该把烟戒了。"说着,他又赶紧抽了两口。

"威特先生,你9点钟见到塔利的时候,他还是好好的吗?"

"哦,是的。"亨利说道。

"还是活着的,自己一个人?"

亨利点点头。

"让多米尼尼走吧。"探长小声说道,"他没有什么问题了吧?"

"甚至可以说是一清二白。"埃勒里小声回答道,"威特先生,告诉我你来到这里之后都发生了什么。"

亨利用旧烟烟头点了一支新烟,他看了看周围,犹豫了一下,把那个没有掐灭的烟头扔到垃圾筐里。

"我告诉塔利说筹不到钱。我说:'你想怎么样就怎么样吧,塔利先生,去起诉我,逮捕我,打我一顿,甚至把我杀了,那样对你一点儿好处都没有，从我这种人身上你已经榨取不到任何利益了。'他就一直坐在办公桌后面撕文件或协议之类的东西，就像没听到我说话一样。不过我知道，他是在听的。"亨利抽了一大口烟，"因为我一把话说完，他就立即火了。他说我——"

说到这儿，亨利被烟呛了一下。片刻之后，埃勒里说："说你什么，威特先生？"

"我这辈子从来没有在气头上跟人动过手。可塔利说的那些话实在令人无法忍受。很肮脏的话。他说的时候，我感到越来越生气。"亨利脸上的肌肉开始像跳蚤一样到处乱蹦起来，"我想到这么长时间以来我们一分一分地省下来付给他那么多钱，同时还要支付我小女儿乔迪的医药费，希望有一天她能重新站起来走路。我想到妻子连袜子都不舍得买，艾迪连棒球卡都搜集不了，也不能跟卫生部门反映公寓里的蟑螂问题，因为一旦反映了，房东会非常不乐意，甚至会把我们赶出去，那样一来我们就得去租更贵的房子……想到这些事情，我就俯身到他办公桌那边给了塔利一下。"

"用开信刀吗？"埃勒里轻声问道。

"嗯？"亨利·威特回过神来，"不，用这个。"亨利一边说，一边举起他那瘦骨嶙峋的拳头看了看："我就这样结结实实地给了他一下。砰！"想到这儿，他脸上闪过一丝畅快之情，眼睛里闪现出生命的活力："我也没想到那一拳会那么狠。他一下子就倒下了。"

"是怎么倒下的，威特先生？"

"脸贴在办公桌上。我当时吃了一惊。不过心里也舒服多了。后来，我就走了。"

"塔利当时只是昏过去了，但依旧活着？"

"当然。他呼吸得像一头海象一样。"

"那你在走廊里或者楼下注意到什么人没有？"

"只看到在大厅里拖地的夜间清洁员。"

"好吧，我们知道了，"奎因探长对儿子说道，"从威特离开到博根夫人发现死者尸体，其间再没有任何人进到这栋楼里。门卫说看到威特来了又走了，从那之后，他就一直守在大厅里。是不是，韦利？"

警官刚才被叫到大厅那边，回来时到探长身旁耳语了几句。

"不错。"探长高声说道，"实验室那边传来消息说，在塔利的开信刀上检测到三个指纹，尽管已经不那么完整清晰了。一个是塔利的。另外两个，威特，是你的。"

亨利·威特坐在那里，嘴巴大张着。直到被烟头烧到了手指，他才叫了一声。紧接着，他赶紧把烟头扔到垃圾筐里，随后用双手捧起脸。埃勒里担心起火，便走到垃圾筐那边，结果发现里面空荡荡的，只有两个烟头。

"所以，威特——"奎因探长开口说道。

"等一下，爸爸。"埃勒里弯下腰来对亨利说，"威特先生，在你隔着这张办公桌跟塔利相对而坐的时候，你碰过那把开信刀吗？"

亨利呆呆地抬起头："一定是碰过，否则上面怎么会有我的指纹呢？我不记得了。但是我真没有用刀捅过塔利。这一点我记得很清楚。老天，这是事实。您会相信我吗，探长？"

"不会，"奎因探长说道，"不会，威特，我不相信。听我的建议，坦白交代吧。或许检察院会允许你为自己稍微辩护一下，然后以一个稍微轻点儿的罪名起诉你——"

"检察院或许会那么干，但我不用听你辩护，"埃勒里说道，"因为我的当事人是无罪的。"

韦利警佐听了，无意地怨叹了一句："太好了，有人又要开始大展身手了。"

探长狠狠地瞥了一眼警官："怎么回事，埃勒里？"

"因为那些东西都不见了。"埃勒里轻轻挥了挥手，说道。

"什么东西不见了？"

"那些文件。"

"什么文件？"

"喏，"埃勒里说道，"莱斯特夫人、多米尼尼还有威特——三个人都说塔利当时正在清理自己的办公桌和文件，还说把纸或协议之类的东西都扔了。爸爸，你还告诉我，除了塔利那把开信刀，这间办公室里的任何东西都没有被动过。可是文件夹和办公桌抽屉里什么东西都没有，地上也什么都没有，办公桌上也是——垃圾筐也是空的。我要问的是：塔利扔掉的文件和协议都到哪儿去了？"

他爸爸一听，恍然大悟，刚想转身朝那个蜷缩在角落里的清洁工老太太走去，可惜被埃勒里抢先了一步。"博根夫人，其实你早就在这间办公室里了吧，"埃勒里说道，"威特一走，你就进来了。你发现被威特一拳打倒的塔利正在慢慢苏醒。"

老太太眨巴了两下眼睛。

"你也欠塔利的钱，是不是，博根夫人？你在打扫他办公室的时候，他也逼你今天晚上把钱还上——是不是？你杀他的时候，已经把垃圾筐里的东西收拾好拿去外面了吧。对了,你为什么会欠塔利的钱?"

老太太眨巴了两下眼睛。终于,她用自己干瘪的舌头舔了舔那猪肝色的嘴唇,说道:"我儿子吉米已经坐过三次牢了,接下来这次要是被判了刑,会是终身的。但他还是从自己工作的那家车库的收银机里偷了钱出来。老板说,只要把钱还回去,他就不会送吉米进监狱,我这才来找塔利……我很准时地还利息。"

"可塔利说今晚他就要收回全款,否则就要报警抓我。我自己倒是无所谓,怎么样都认了,可如果没有人照管吉米的话……我当时戴着清洁手套……看见塔利办公桌上的刀……我跟在他后面……"从老人的脸上看不出情绪的波动,很难说那到底是悔恨、顺从,还是冷漠,不过后来她又说道,"谁能帮我救救吉米呢?"

奎因探长生气地说:"或许是你自己吧。去跟你的陪审团解释这一切吧。"

带老妇人出来时,埃勒里用胳膊戳了戳亨利·威特,只见他张着嘴。埃勒里说:"你怎么还在这儿?不知道有位女士一直在大厅里等你吗?"

"克莱尔。"亨利嗖的一下从椅子上站起来。

"哦,看来你是想起来了,"埃勒里一脸庄重地说道,"说到你那个小女儿,威特先生——我觉得,奇迹会发生的。"

亨利抖了抖身子,像一只刚从泥洞里钻出来的狗一样。"说得对,奎因先生。"他说道,"谢谢你的提醒。"

Q.B.I: QUEEN'S BUREAU OF INVESTIGATION

奎因调查局

赌债案：孤独的新娘

有些东西就该是成双成对的——比如，成双的鞋子；比如，成对的比翼鸟。经埃勒里观察，眼前这位来向他求助的妙龄美人左手无名指上戴着戒指，戒指上缠绕着金玫瑰，这些玫瑰就好像刚从珠宝商的花园中摘回来的一样，娇艳欲滴。随即，他就意识到缺了点儿什么——新郎，这新郎或许是个年轻人，而且大概率是个傻瓜，或者是个无赖。怎样的新婚丈夫才会把这样一位美丽的新娘子放在这儿不管，除非他是傻子，或者比傻子更糟。

她来到奎因的公寓，据她所述，她名叫谢利，老家在埃文斯顿，现居纽约，是一名职业模特。那位追求者在看到印在杂志彩色封面上的她之后便展开了疯狂的攻势。终于有一天，她稀里糊涂地发现自己到了市政职员办公室，成了吉米·布朗夫人。他们去环游了世界作为蜜月旅行，两人如胶似漆。物质上的供应就更别提了，恋爱中的人，付出欲总是极强的，年轻的布朗似乎总有给不完的东西，都是堆山填海一般，并且乐此不疲。三天前，他们回到纽约，他把她安置在艾格伦塔酒店的一个豪华套间里，找借口说"因为公事离开一会儿"，之后与她热烈地吻别，从那以后他就没了音信。这之后吉米·布朗夫人才意识到，自己对于这位面容黝黑、个子高高的帅气老公一无所知，不过已经晚了。于是，她开始翻找他的东西，结果在一只抽屉里发现了一条羊绒紧身裤，里面卷着两张印有萨蒙·P. 蔡斯[1]肖像的罕见美元纸币，很明显是布朗用来救急的。布朗夫人拿着这两万美元，心生疑虑：自己的丈夫到底是谁？为什么会有这笔钱？他现在去了哪里？

埃勒里阴沉着脸暂且离开了一会儿，随后就进了书房，给他认识的几个道上的人打电话。之后他一脸忧郁地说道："布朗夫人，据我猜测，您丈夫应该是神奇小子兄弟会的职业赌手。很明显，这两万美元是他的救急款——其他积蓄都用来追求你和跟你度蜜月了——星期二以来，他就一直在时代广场旁边的一家酒店里跟人赌博，急切地想把花掉的钱捞回来，听说他的对手是一位大佬，绰号'大T'，恐怕吉米为了你们俩的爱情被迫去碰了他不够格碰的对手。'大T'可是个大人物，他出道打扑克的时候吉米还在玩捉迷藏呢。"

埃勒里本想再多了解一下埃文斯顿，但也只能自己去搜索信息了，因为谢利只说："那我还是先回去吧。吉米一定急需那两万美元，而且那钱已经不在他的裤子里了，我把它藏在了公寓里更加安全的地方。谢谢你，奎因先生。我自己会处理好的。"随后她就

---

[1] 萨蒙·P. 蔡斯（Salmon Portland Chase，1808—1873），曾任美国财政部部长、美国首席大法官。印有他头像的美钞是10000美元面值的，并非为广泛流通而设计。

走了。

原本，埃勒里也觉得她能处理好这件事，可偏偏冒出来一个运煤的卡车司机。当时，埃勒里正在送谢利·布朗上出租车，那辆卡车为了躲避行人出现了车体倾斜的状况，结果就撞到了那辆出租车。卡车司机一直在哭诉，出租车司机勃然大怒，杂志封面上的那个姑娘躺在出租车里的地面上，受了伤。前来急救的医生说是脑震荡，而且很有可能造成了内伤。说这话时，医生表情严肃。埃勒里突然觉得自己有责任——他认识大T。于是，他在她身边俯下身，一字一句地说道："这件事交给我吧，谢利。告诉我你把吉米剩下的那些钱藏到哪儿了。"谢利低声告诉他："是在书……"还没说完，那双紫罗兰般迷人的眼睛一翻，她就昏迷了，随后被救护车带走。

那天晚些时候，吉米·布朗从弗洛勒尔医院妻子的病房里跟跟跄跄地出来，冲到了埃勒里怀中。

"奎因，还得再观察几个小时才能知道结果，他们很快就会得知消息。"这个皮肤黝黑的大男孩儿般的人一脸憔悴，"她还在昏迷。"

"现在才3：07。"埃勒里谨慎地说道。吉米一共输给了大T 2.7万美元，目前手里只有7000美元的现金，大T就礼貌性地提出要求，让他在晚上6点钟之前把剩下的钱还清。埃勒里继续说："我们还是赶紧去找那2万美元吧。"

"奎因，她会死的。"

"不见得，不过你倒是危险了。大T的规矩可是雷打不动的，你也知道违约的下场。走吧。"

两人一路小跑着从医院的走廊里出来，吉米发誓说："奎因，如果谢利和我能躲过这一劫，我发誓，我金盆洗手，再也不赌了。连宾果游戏都不玩了。所以，请帮帮我，我要找一份工作！谢利说她把钱藏哪儿了吗？"

"在一本书里。"

"书？"吉米停下脚步，"在我们住的那间公寓里吗？"

"她就是这么告诉我的。"

"怎么回事，我们刚租的那间房子里面根本就没书！"

不妙的是，两人一到布朗在艾格伦塔酒店租的那间套房的门口，就看见酷奇·纳波里正背对着门站在外面。酷奇·纳波里的体形就像感恩节大游行时梅西百货放的热气球一样，而且在曼哈顿的大街小巷，他一向是以喜欢甜食与暴力而出名的。

"怎么回事，大白鲨，"吉米吼道，"大T连我都信不过？"

"说了你爱信不信，"酷奇一边说，一边用牙签在他那硕大的磨牙间挑着无花果馅饼的残渣，"我的工资至今都还没发。"

"3：29了。"奎因小声嘟囔道。紧接着，他就跟着神奇小子兄弟会的成员和大T的这名传话人进到公寓里。再看这间公寓，里面清一色的方形、曲线形元素和各种引人注目的色彩；公寓里摆的都是超级大的长菱形家具；也点缀着优雅的艺术品，从毕加索与波菲利艾维奇[1]的抽象作品到钢管三角钢琴都有。

只是，到处都不见文学的痕迹。埃勒里皱着眉扫视了一下书

---

1 亚历山大·波菲利艾维奇（Alexander Porfyrovych Archipenko，1887—1964），前卫艺术家。

架。他想象着这样的场景：一位年轻的少妇，丈夫失踪了三天，在这段时间里，她受尽了精神上的折磨，一直抗争着，而抗争的方式应该是买很多神秘凶杀案之类的书来读，不过很明显，谢利并没有试图用这种方式来逃避现实。书架很大，本该承载一整个世界的印刷读物，现在却摆满了各种纪念品。蜜月期间，两人都变得有些疯狂，吉米让这位封面女孩儿拥有了一次印度群岛及其他地区游客的疯狂购物体验：集市上的黄铜器皿、一头柚木做的神牛、吉布提的玛瑙骆驼、一对老式象牙、一尊玉佛、一只转经筒、一口古希腊的瓮，此外还有一个毡底的大理石基座，基座后面贴有一幅金属浮雕画，上面刻的是一位提洛尔新娘，还有一个罗马圆形大剧场的石膏缩微模型，还有一对德累斯顿的瓷制牧羊人和牧羊女……

"别再琢磨那些东西了，"吉米一边喊道，一边在意大利式壁炉的圆形顶棚下面爬来爬去，"她说的是一本书。"

"我知道她说的是一本书。"埃勒里咕哝道。酷奇吃几根手指松饼的工夫，他就把每一件象征着爱的物件都详细地查看了一番，确保每一处犄角旮旯和缝隙都没藏那两张印有蔡斯大法官肖像的纸币。

随后，埃勒里露出一副若有所思的样子。他脱掉夹克衫。

4：06，这位神探抬起满是灰尘的鼻子来，郑重其事地说道："这间公寓里根本就没有书，就连记事簿和电话本都没有。也没有1万美元。可谢利说……"说着，他一头倒在沙发上，闭上眼睛……

"还是没有什么进展。"吉米·布朗放下电话，情绪低落地说道。酷奇把手伸进鼓鼓的口袋里，吉米的脸唰地一下白了。等他把那胖乎乎的手拿出来，吉米才看见他拿的原来是一袋椰蓉马卡龙。

4：31，窝在硬邦邦的沙发上努力思考的埃勒里一下子抬起头来。"我想明白了，"他说道，"这间屋子里少了什么东西。"

"当然了，少了两万美元。别再吃了，你这个傻子！"

4：53，电话响了，吓得酷奇差点儿把手里的马卡龙弄掉了。是医院打来的。布朗夫人还在昏迷中，不过医生说病情正朝着好的方向发展。她能活下来。吉米又做了一次承诺："可是，如果丈夫死了，她能有什么好的结局呢？奎因，我会改好的——我要找份工作。"说着，他近乎疯狂地往门口那边看去："赶紧找到那些钱！"

"我觉得应该是大T的钱吧。"酷奇很有礼貌地说道，而且说完这话，他从口袋里掏出来个不能吃的东西，也就是一把手枪，随后认真地摆弄起来。

后来，到了5：13，埃勒里苦思了一通之后，终于说道："我的想法是对的！"

"什么对的？"

"这间屋子里缺了什么东西，吉米。我现在知道谢利把钱藏在哪儿了！"

"吉米，"埃勒里说道，"有些东西应该是成双成对出现的，比如鞋子，比如比翼鸟。"说着，他把谢利买来的提洛尔新娘从书架上拿过来。大理石基座很沉，他笑眯眯地举起它："这个浮雕上缺了新郎。有谁见过只有新娘没有新郎的？"

吉米瞪大眼睛："是啊。原本是一对的。可另一个去哪儿了？"

赌债案：孤独的新娘

埃勒里又举起那个"新娘"，猛地朝酷奇·纳波里砸了过去，此时的酷奇·纳波里正朝门那边走过去。结果，这个提洛尔新娘不偏不倚地砸在了这名大T的走狗的下巴上。酷奇应声倒地，吉米上前压在酷奇身上。埃勒里抢过手枪："当时在门外看见酷奇的时候，我们以为他是在等谁。其实，他是刚想离开，无奈之下只得装模作样一番……哦，这里有一袋软糖，那另一个口袋里呢？正是那个不见了的新郎。毛毡是松动的，金属浮雕是中空的，我在想——没错——你一定能在里面找到那两万美元。酷奇听到我们回来了就把这件东西放到口袋里，准备稍后查看一番。"

"可她说……谢利说……"布朗先生一边语无伦次地说话，一边把金属新郎浮雕的外壳拆掉，"谢利说她把钱藏在了一本书里。"

"浮雕——它的后面是平的，通过毡底贴在大理石基座上——是一对的。可怜的谢利晕过去之前没把话说完。其实，你妻子是想说，"奎因先生说道，此时的酷奇稍稍缓了过来，开始挣扎，奎因先生赶紧握住手枪，"钱藏在'书立'（bookend[1]）里。"

---

[1] 此单词的前半部分为book（书）。

间谍案：国会图书馆神秘事件

收到特伦斯·法恩伯格探长的邀请，埃勒里很是高兴。法恩伯格是中央局的负责人，跟奎因探长是多年的挚友，埃勒里小的时候，他还经常给埃勒里买棒棒糖吃。他看不上业余的侦探，所以看来，这次这个老家伙实在是没有别的办法了。

"过来吧。"法恩伯格探长有些喜怒不定，说道，"这是缉毒队的皮特·圣托利亚探长，你认识吧？"

埃勒里朝面前这位表情严肃的缉毒队人员点了点头。

"合作协议什么的就算了吧，埃勒里，"法恩伯格咬着牙继续说道，"不是我们要找你来的，是上头，说办这件案子需要用到你那疯子——你那神赐的天赋。"

"我被执法部门使唤过，"埃勒里语气诚恳地说道，"尤其领略过他们抓到救命稻草时的样子。芬[1]，准备好了就冲我来吧。"

---

[1] 法恩伯格的昵称。

"这家伙，"法恩伯格对圣托利亚探长吼了声，"就交给你啦。"

圣托利亚咬着牙语气冷冷地说道："奎因，我们发现了一条新的毒品交易链。据我们猜测，那脏东西是从法国传进来的，重量有数公斤。纽约是他们的分销站。下面干活儿的人只知道为数不多几个中间人是谁，对团伙中的其他人一无所知。我们想在纽约抓到这条大鱼。目前只能确定的是，这个犯罪团伙里的人都不是普通人。"

"他们当然不是普通人了，"中央局的负责人咕哝道，"有谁听说过贩卖毒品的蠢货会看书？"

"看书？"埃勒里敏锐地抓住了这一点，"什么书，芬？"

"就是书啊，我的老天！"

"我们这些当作者的该不会也要为这次的贩毒案'背锅'吧。"埃勒里冷冷地说道，"书怎么还会牵涉进这种事情呢？"

"用来传递信息！"此时的特伦斯·法恩伯格仿佛在乞求天花板为他的话做证，"传递信息这个环节是在华盛顿开展的，它是毒品运输与传递之间的一个步骤。联邦缉毒局的人已经在华盛顿发现了团伙人员的踪迹——确切地说是两个人，他们已经被严密监控起来了。"

"这两人之中的一个，"圣托利亚探长接着说道，"是个无名的傻子，名字叫作巴尔科姆，在华盛顿的一家旅行社工作。他曾是一名高中英语老师。另一个是个姑娘，名字叫作诺尔玛·莎芬，在国会图书馆工作。"

"图书馆被当作联系地点吗？"

"是的。巴尔科姆负责传递的信息包括交易时间、地点以及新一批货物运送到纽约的方式。那个名叫莎芬的女孩儿负责帮巴尔科姆确定他的下游联系人的身份,确定完毕之后,巴尔科姆就将信息传递给他。他们的一系列操作很精明——每次的联系人都不同。"

埃勒里耸了耸肩:"等那个叫莎芬的女孩儿确定完联系人的身份后,巴尔科姆会与之对接,你们只需要盯住那个人就可以了——"

"没错,奎因先生,"缉毒队长阴阳怪气地说道,语气有些像电影《鬼怪密林》中的女巫,"要不你来试试?"

"目前到底是什么情况?"埃勒里认真地问道。

法恩伯格探长用眼神制止了圣托利亚:"巴尔科姆只有在女孩儿当班的时候才会去图书馆——她的主要工作就是填写借书单,再有就是把书拿下来。巴尔科姆通常都坐在一楼的147号桌;如果147号桌被人占了的话,他就就近找一张空桌。莎芬发现他来了,就将她事先填好的某些借书单和相对应的书交给他。书名里面有给他的信息——除此之外,她不会跟他说一个字。"

"书名。"埃勒里咕哝着这个词,"那巴尔科姆接下来会做什么?"

"他会仔细琢磨一番,然后简单地扫视一下周围的人,就这样。随后,他就一直坐在那里看书,眼睛不离书本,直到闭馆才起身回家。"

"图书馆的作用就是让巴尔科姆识别出那个联系人。"圣托利亚探长说道,"而信息的实际传递则是在另一个场合。"

"可如果巴尔科姆被监视了——"

"他是在旅行社工作的,我早就跟你说过!你知道他每天在旅行社要接触多少人吗?"

"我们查过了,是这样的,埃勒里,"中央局负责人解释说,"他们在图书馆碰面后——第二天早上——诺尔玛·莎芬确定好并通过书名让巴尔科姆识别出的那个联系人就会以游客的身份出现在旅行社。巴尔科姆认出他之后会交给他一个合法的门票信封,其实,里面不仅装着机票或者火车票,还有毒品的运输信息。"

"如果你能认出其中一个联系人的话——"

"我们可以追踪巴尔科姆的信息,到目的地揪出那个幕后的大佬,他一定就躲在纽约,有一个光鲜的表面身份作为掩护。"

埃勒里了解到,这个团伙每十天就要派出一名联系人,进行一次毒品运输。联邦方面一个月前开始了监视行动,当时,莎芬小姐给巴尔科姆的书桌上放了三本书。

"都是什么书?"

圣托利亚探长从一个文件夹里拿出来一份报告:"史蒂夫·艾伦的《有趣的人们》,还有列夫·托尔斯泰的《战争与和平》,以及弗洛伊德的《梦的解析》。"

"有意思!"埃勒里嘟囔道,"艾伦、托尔斯泰、弗洛伊德……好吧。"他看上去有些失望:"这很简单。小儿科的藏头诗——"

"是啊,"特伦斯·法恩伯格不高兴地说道,"弗洛伊德(Freud)中的F,艾伦(Allen)中的A,还有托尔斯泰(Tolstoy)中的T。放在一起就是F-A-T。那天,有一个300磅重的家伙坐在巴尔科姆附近。"

"问题是，"圣托利亚说道，"联邦方面刚开始不知道破解的技巧，等我们弄明白时，那个肥仔已经从巴尔科姆那里拿到信息，消失不见了。"

"那第二个联系人呢？"

"又是三本书。契诃夫的《樱桃园》、乔治·R. 斯图尔特的《火》，还有本·赫克特的《演员的血》。"

"C-S-H。没有对应的单词。这次一定是换了思路……"埃勒里皱着眉头，"一定是跟书名有关——共同点在于……当时是不是有一个印第安人坐在巴尔科姆附近？或者是红头发的人？"

"他反应很快啊，是不是，皮特？"法恩伯格探长酸酸地问道，"你说得没错，我们也发现了——樱桃、火和血，都是红色的。有一个红头发的老妇人坐在离巴尔科姆几排座位之外的地方。可等我们发现的时候，又晚了一步，没有抓到那个联系人。接下来的第三次，我们压根儿就没找到线索。"

"哦，连共同点都没有吗？"

"共同点？"圣托利亚生气地问道，"至少应该有两本书才能谈共同点吧！"

"难道第三次只有一本书？"

"是啊！我觉得，一定是那个贱女人起了疑心，没把剩下那几本书拿过来。可你觉得上头能听我的吗？不，他们非要找什么疯——什么专家过来！"

"问题是，埃勒里，"法恩伯格探长说道，"第三次运输被证实过确有其事了，也就是说，那次的确是通过那一本书将联系人的信息传递了出去。"

"一定是通过其他方式传递的信息,特伦斯!"圣托利亚厉声说道。

"没错,皮特,没错,"法恩伯格安抚他道,"我想的跟你一样。可上头不那么认为。他们一定要找个聪明人过来。我们有什么质疑的权利呢?"

"那是本什么书?"埃勒里问道。

"鲁德亚德·吉卜林[1]的《灭掉的火光》。"

圣托利亚吼道:"我们在那里守了一个下午,来来往往的人可真多呀——我们这位巴尔科姆小子就坐在147号桌,看着吉卜林的那本书,从头开始看,好像很享受的样子!"

"《灭掉的火光》讲的是一个盲人的故事。他附近有戴着墨镜的人吗,或者是读盲文书的人?"

"没有盲人,没有戴墨镜的人,也没有什么盲文书,什么都没有。"

埃勒里想了想,说道:"你们有关于那天的图书馆调查的书面报告吗?"

圣托利亚又拿过来一个文件夹。埃勒里翻了翻,都是关于巴尔科姆和莎芬的那第三个联系人的详细描述,包括嫌疑人、中间发生的不知道有何意义的小插曲,等等。埃勒里从这些细碎的信息中找到了关键点。

"没错。"他不紧不慢地说道,"吉卜林写的那本书已经给巴尔科姆传递了足够的信息。一个貌似神职人员的老绅士当时在巴尔

---

[1] 鲁德亚德·吉卜林(Rudyard Kipling, 1865—1936),英国小说家。——译者注

科姆的视线范围之内咨询卡片目录的问题，他穿着带有教士领的衣服，状似无意地填烟斗。之后他从口袋里拿出打火机来打火——打了几次都没打着，就是这里，伙计们——这时，保安走过去制止了他。老人为自己心不在焉的错误行为而道了歉，之后将打火机和烟斗收了起来，继续询问索引卡的事。《灭掉的火光》。"

"让我看看！"法恩伯格脸唰地一下红了，一把夺过文件夹。"皮特，"他吼道，"我们怎么忽略了这个？"

"我们原本以为接下来还会有几本书，特伦斯，"圣托利亚探长结结巴巴地说道，"而且那个老家伙是个神职人员——"

"那个老家伙是个骗子！看哪，埃勒里，或许，你真能帮上我们。在书的事上我们已经慢了一拍。如果下一次你能坐在巴尔科姆附近，立即认出联系人——你觉得怎么样？"

"即便有法院的指令，我也做不到对这件事袖手旁观，芬，"埃勒里向他保证，"再者，就不用让纽约城为我花费一个子儿了——我自己出路费去华盛顿，联邦方面你能帮我安排一下吗？"

法恩伯格探长跟联邦方面取得了联系，到了下个星期一，埃勒里就已经坐在华盛顿市中心的国会大厦东侧那栋文艺复兴风格、气势庄严的灰色建筑里了，他坐在大阅览室里，就在147号桌后面那一排的右边。其中一名执行监视任务的联邦缉毒局特工名叫豪克，是个大秃头，长得像批发纺织品公司的高级会计，他稳稳地坐在最外围的桌子旁，离入口较近。这两个负责监视的人只要稍稍一转头就能给彼此发暗号，另一位联邦探员和圣托利亚在外边巡视，他们就像两个探视监视器。

埃勒里在桌子上放了很多参考书，装作在搜集资料的作家，他总能抱着很大的热情在国会图书馆里扮演这样的角色。

他已经在主桌的诺尔玛·莎芬那里填好了借书单，这姑娘和巴尔科姆的照片他早就在联邦调查局里研究过了。她将书带到他桌前时，他抓住机会仔细地打量了一番。她整个人看上去有些紧绷，面带忧容。她长相不错，有着黑亮的眼睛，一直在努力掩饰着自己的美丽。埃勒里想不通，她也就不到20岁的样子，怎么会跟国际贩毒团伙扯上关系。

那天，旅行社的小职员巴尔科姆没有出现。埃勒里也没打算见到他，因为联邦方面的人告诉过他，巴尔科姆只有休息的时候才会去那里，至于什么时候休息，完全说不好。听说他今天被一大堆旅游订单给缠住了。

"不过也快了。"圣托利亚探长星期一晚上去他住的五月花酒店见他时说道，"截至明天，距离上次交易时间已经有十一天了，之前从未间隔过这么长时间。"

"巴尔科姆可能从办公室脱不开身。"

"他会搞定的。"豪克特工语气坚定地说道。

第二天一大早，埃勒里的电话响了，是圣托利亚打来的："豪克那边传来消息说，就是今天。"

"巴尔科姆是怎么抽出时间的呢？"

"他以生病为由请假。你赶紧去图书馆。"

诺尔玛·莎芬给埃勒里抱了一大摞书过来。这时，一个个子很矮，长得贼眉鼠眼，头发乱糟糟，身上西装也皱巴巴的家伙轻轻擦过埃勒里的桌子，溜到旁边的147号桌坐了下来。其实用不着豪克拿铅笔给他做暗示他也知道，那个人就是巴尔科姆。

那个叫莎芬的姑娘看都没看一眼，直接经过147号桌，把书轻轻地放到埃勒里的面前，转身又回到她的岗位上去了。埃勒里翻看起那些书来。

就这样观察他们很有意思。巴尔科姆和那姑娘仿佛来自不同的星球。巴尔科姆盯着四周的围墙，一看就是在等什么。他不止一次地往主桌那边张望。那个漂亮的姑娘背对着他，静静地忙碌着。

阅览室里的人逐渐多起来。

埃勒里的视线越过书的上边缘，继续观察这两个人。巴尔科姆那双小小的手握成拳头，放在桌上，他看上去像在打盹儿。诺尔玛·莎芬正在取书，一直在离他十几英尺远的地方来回走着。

15分钟过去了。

埃勒里偷偷瞄了一眼周围的一群读者。巴尔科姆左边坐着一位体态丰腴的女士，身穿一身讲究的草莓色绸缎制服，戴着一副双光眼镜，正全神贯注地读一本厚厚的工业报告。

巴尔科姆右边是一个大块头的光头，他健硕的肩膀如同摔跤手一般，正在津津有味地看一本有关非洲桃脸情侣鹦鹉的书。

爱鸟人士的另一边坐着一个穿着不怎么讲究的拉丁美洲人，长得像菲德尔·卡斯特罗[1]的双胞胎兄弟，正看着一些年代久远的《国家地理》，偷偷做着笔记。

在这个长相与古巴人相似的读者旁边，是一位又瘦又高的女士，头发漂染成淡紫色，让埃勒里想起了希尔德加德·威瑟斯女

---

[1] 古巴前领导人。——译者注

士[1]。她正在认真地读那本《国会议事录》。

此外，还有一个年轻的牧师，正皱着眉头翻阅一本鬼神学的书；一个样貌独特的家伙，留着灰色的平头，系着沾了碎鸡蛋的领结，正毫不掩饰地打着瞌睡；一位年轻的女士，戴着一副装有助听器的眼镜，一个鼻孔上沾了些蓝墨水，她正在抄写一本有关海军军械的书，仿佛这事关她的性命。

突然，那个叫莎芬的姑娘从过道走来，拿着一本厚厚的、超大型的书。

埃勒里翻了一页书，心想，难道就是这本吗？

的确！

莎芬小姐在147号桌旁停留了一下，动作娴熟地将书放到巴尔科姆面前，之后便走开了。

巴尔科姆将握成拳头的双手打开，把书翻到扉页。

《莎士比亚全集》。

《莎士比亚全集》？

巴尔科姆随意翻看起来，没有注意身边读者的动向。

莎士比亚……难道是某句出自莎士比亚的引文？不太可能，因为出自莎士比亚的引文实在太多了。

埃勒里集中精力思考着。

戏剧——剧作家，演员？可周围的人似乎没有一个是跟这方面有关系的。还有，巴尔科姆明显是在继续等。

---

1 一本虚构小说中的女侦探。

10分钟后,莎芬又默默地在147号桌上放了一本书,然后又默默地走开了。

这一次,巴尔科姆有些急切地把书拿过来。埃勒里探过身子去瞄了一眼。

萧伯纳——萧伯纳的《凡人与超人》。

又是一位剧作家!可是,怎么能这么快就认出一名剧作家呢——或者,就目前的情况来看,要如何认出一名演员呢?埃勒里假装伸了个懒腰。视线范围之内甚至都没有人在读有关戏剧的书。

莎士比亚、萧,难道是他们名字的首字母:S、S?SS[1]!难道指的是一名前纳粹突击队员?难道是那个对非洲鹦鹉感兴趣的、长得像摔跤手的秃头?有可能,可谁又能说得准呢?这种信息应该是巴尔科姆一下子就能想到的。再者,那家伙长得不像日耳曼人,倒像是个斯拉夫人。

莎士比亚、萧……英国文学。难道指的是一个英国人?可在埃勒里看来,周围虽然不排除有英国人的可能,但他们长得都不像英国人。再者,萧伯纳实际上是爱尔兰人。

《凡人与超人》呢?这怎么都跟莎士比亚扯不上关系。

埃勒里摇了摇头。那姑娘到底想给巴尔科姆传递什么信息?

此时此刻,巴尔科姆正在全神贯注地看萧伯纳那本书。但这没什么奇怪的,他本来就得做点儿什么装装样子。难道是在等下一本书?还是打算环视一下四周,找出联系人?

埃勒里愤愤不平地心想,若真是如此,就说明他比我聪明。

---

[1] 德国纳粹党卫队的简称为SS。

巴尔科姆依旧看着萧伯纳的那本书,没有抬头,而且没有表示出对周围人的好奇,所以埃勒里猜想,他是在等下一本书……

果然,第三本书送过来了!

那个名叫莎芬的姑娘把书放到147号桌上,埃勒里有些按捺不住了。

还好他眼睛尖,几乎是和巴尔科姆同时看到了书名。

是《美国将军格兰特个人回忆录》。

此时,巴尔科姆用他的理论思考起来!莎士比亚和萧伯纳,剧作家;格兰特,军人;S、S,现在又来了个G;一个英国人,一个爱尔兰人,一个美国人。

这些线索叠加起来代表什么呢?

埃勒里一点儿思路都没有。他甚至都能感觉到,豪克特工尖锐的眼神快要把他的后背刺穿了。

时间在飞快地过去。

他绞尽脑汁地研究着巴尔科姆。他从那三本书中找到什么线索了吗?还没有,巴尔科姆也被难倒了,因为他正在假装翻看着那本格兰特自传。每一个微小的动作都能体现出他的困惑。

莎士比亚……萧伯纳……格兰特将军……

巴尔科姆想到了!

只见他随意地环顾了一下四周,眼神没有丝毫的迟疑,似乎只需瞥一眼。

此时的埃勒里心里开始慌乱。联系人得知巴尔科姆认出他之后,可能随时会起身走掉。人流进进出出,要是不赶紧从那三本书中找出线索,是锁定不了联系人的。埃勒里甚至都能听到圣托利亚那嘶吼般的嘲笑声了……

随后——老天保佑——他也想到了！

埃勒里站起身。把帽子从桌上拿起来，沿过道从豪克特工旁边走过，这段时间里，那家伙已经把铅笔顶端的橡皮咬成了碎末。紧接着，埃勒里出了图书馆，走到华盛顿特区的阳光之下。此时，圣托利亚和其他联邦探员正坐在一辆没有特殊标记的车里，埃勒里钻到了后排座位上。

"怎么样？"联邦的人等着他的答复。对纽约方面高层长官的这一主张（举荐专业侦探），联邦方面的人一向都是持尊重态度的，但也会有些质疑。

"等着豪克吧。"

两分钟后，豪克特工出来了。他在车附近停了一下，点了支烟，埃勒里说道："准备跟踪。联系人就是那个坐在巴尔科姆同一排的右面，和他隔了两个座位的人。就是那个着装不太讲究，长得像古巴人的家伙。"

"下午好啊，芬，"那一周的周五，埃勒里说道，"别告诉我你又遇到了什么难题。"

"不是，不是，哈哈，坐下吧，小伙子，"特伦斯·法恩伯格探长高兴地说道，"你可真厉害，在这儿饱受崇敬啊！两小时前，皮特·圣托利亚在运货现场将背后的那个大佬抓住了，那家伙正在接一船海洛因，我想，你一定很想知道这个结果。联邦方面正准备对巴尔科姆和那个姑娘实施逮捕。对了，那个让我们揪出来的长得像古巴人的家伙，其实跟古巴扯不上半毛钱关系，他和古巴的关系还不如一支古巴雪茄烟呢。他是一个经常混台球厅的家伙，名字叫作哈里·胡梅尔，从布鲁克林的红钩区来的。"

埃勒里漠不关心地点点头，他追踪犯人的热情早就消散了："好了，芬，祝贺你。还有别的事吗？我还要去面壁，用打字机打点儿东西。"

"等等，埃勒里，看在老天的分儿上！我一直在琢磨，莎士比亚、萧伯纳和那个老格兰特，他们之间到底有什么联系。虽然那个名叫胡梅尔的联系人已经找到了，但我还是不知道这三者之间有什么共同之处。"

"难道你没看出来，胡梅尔长得像菲德尔·卡斯特罗吗？"埃勒里把手伸过去，牢牢地抓住法恩伯格探长凹凸不平的下巴，把它来回摇摆了一下，"胡子，芬，胡子。[1]"

---

1 莎士比亚、萧伯纳、格兰特和卡斯特罗都以蓄着络腮胡的形象而闻名。

间谍案：替身

这个神秘人名叫斯托克,之前在一个涉及美国国家安全的案子中,埃勒里跟他合作过。这一次,斯托克突然出现,只跟埃勒里说"先去案发现场,到那儿再细说"。埃勒里见状,赶紧放下手头的工作,二话没说拿起帽子就跟他走了。

斯托克开车带他来到市中心,一路上欢声笑语地聊了几句,最后把车停在公园路旁边一条蜿蜒的小巷里,说来也真神奇,居然还能在那里找到空车位。随后,他带着埃勒里漫步来到一家很不起眼的小门店前,门店的窗户灰蒙蒙的,上面印着一行几乎难以辨认的字:M.梅里利斯·蒙克烟草店,建于1897年。

店门外有两个吞云吐雾的年轻人,看上去像华尔街的职员,应该是晚饭后在周围闲逛。没看到穿警服的人。

"看来是个大案子。"埃勒里嘟囔道,先于斯托克一步进了店。

店里跟店外一样老旧,空间狭小,灯光昏暗,四周黑黢黢的木头墙散发着霉味，有维多利亚式的摆设，还有一支用来点烟和雪茄的气灯枪。屋子里弥漫着呛人的烟草味。

再往小店的里面走几步，有一道门帘。门帘后面的过道直通后面的屋子，门帘旁边摆着一个神情庄严的印第安人木雕。木雕的绝大部分已经露出了凹凸不平的木料，原本的颜色所剩无几，只能隐约地看到一些。

印第安人木雕应该是放在那里好久没人管了。相较而言，那个窝在柜台与架子之间的死者表情看上去有些激愤，因为他不是被时间这把刀杀死的，而是被凶手残忍地杀死的。他的头和脸就像一坨凝结起来的土豆泥。

奇怪的是，死者手里抓着一只大方罐子，一看便知是装烟草的，因为上面标记着"混合烟草C"的字样。乱糟糟的柜台后面有几个高架子，其中一个的上层放着一排类似的方罐子，很明显，死者手里这只便是从上面拿下来的。

"他是在这里被人从后面袭击的，"埃勒里对斯托克说道，同时指了指印第安人木雕脚下的一处正在发干变硬的小团血迹，"可能当时他是想去后面取什么东西。凶手一定是以为他死了才离开的，然而他并没有死，因为血迹从印第安人木雕下面一直拖到柜台后面，也就是他现在躺的位置。"

"当时的情景应该是这样的：凶手离开后，不知为何，这个人——别问我为什么！——自己想办法到了柜台后面。他虽然受了重伤，但依旧在死之前站起来够到那只罐子，把它从架子上拿了下来。所以现在架子上空出来一个位置。"

"我也是这么想的。"斯托克说道。

"我能看看那只罐子吗?"

"这里的东西都被核查检验过了。"

埃勒里从死者手里把罐子拿过来,死者似乎依旧不愿放手。随后,他打开盖子,里面是空的。接着,他又从神秘人那里借来一个高倍放大镜。过了一会儿,他放下放大镜。

"斯托克,这只罐子没装过烟草,用放大镜看,连烟丝和烟渣都看不到,就连缝隙里都没有。"

斯托克听了,一句话也没说。埃勒里转身看了看架子。现在架子上面剩了9只罐子,死者从中把那只写着"混合烟草C"的罐子拿了下来。其余几只上写的是"蒙克特制""巴特尔比混制""超级调和""混合烟草A""混合烟草B",接下来的空位一定就是放"混合烟草C"罐子的地方,再接下来是写着"肯塔基长烟丝""弗吉尼亚卷烟丝""卡文迪什勋爵烟丝""曼哈顿混合烟草"的罐子。

"剩下那9只都不是空的,"斯托克看出了埃勒里的心思,说道,"而且每只罐子里的烟草品种都是与标记的名牌相符的。"

埃勒里在尸体旁边蹲下来。那人身穿过膝长袍,一看就是英式烟草商的打扮——刚40岁出头,就这个年纪而言,身上的肌肉出奇地强健,秃顶,但脑门儿外圈还有点儿稀稀拉拉的头发,明显的英国人特征。

"我猜,这位就是M. 梅里利斯·蒙克先生吧,"埃勒里说道,"或者是他的直系后人。"

"都不是,"斯托克苦着脸应道,"他是我们的一位高级特工,蒙克可没法比。据我们所知,蒙克的祖父和父亲都是很有名望的烟草商，然而他这个家伙接下了这家店，却成了叛徒，把这里变成了站点，为国外的间谍接收并传递消息，窃取情报，等等。"

"我们是最近才盯上蒙克的，已经对这家店铺实施了24小时监控，不过没有见到任何敌方间谍从这里进出。

"后来，我们自认为有了突破口，因为西雅图方面的一位同僚，名叫哈特曼的，据说跟这个叫蒙克的贼寇长得极为相像。于是，我们就把哈特曼从西雅图调了来，专门给他做了有关蒙克的培训，之后的一天半夜，我们抓了蒙克，用哈特曼替换掉他，又取消了外围监控，目的就是想借着这家店铺给哈特曼一个自由施展的空间。他很清楚自己所处的险境。"

"结果他真的遇了难。这个替身做得没错。"埃勒里看着这位美国特工惨不忍睹的尸体，陷入了沉思，"他冒充蒙克多长时间了？"

"十五天。其间一直没有嫌疑人出现，哈特曼不想放弃，闲下来的时候就到后面仓库里，将店里的一应清单都拍下来，上面有数百名蒙克的客户，包括他们的姓名、银行账号以及地址。在这件事上他也很明智，因为凶手后来带着那些账目信息逃走了。"

"就在今天早上，"斯托克继续悲痛地说道，"哈特曼打电话来，说客户清单中的两个人就是国外的间谍。具体情形我们大概永远都无法得知了，因为他没来得及解释。当时，店里来了客户，他就把电话挂掉了。等到晚上我们觉得一切都安全了之后再联系他时，他已经被杀了。一定是哈特曼即将关店的时候，其中一名或者两名间谍来到店里，发现他是冒名顶替的。"

"或许是哈特曼弄错了他们的暗号。"埃勒里盯着那空空的烟草罐,"斯托克,你喊我来是为了什么?"

"就在你眼前。"

"这只标有'混合烟草C'的罐子?几乎可以确定的是,蒙克那伙人想传递的信息就在这只罐子里。可是斯托克,如果哈特曼被杀时罐子里藏有谍报信息的话,那个凶手,或者说那两个凶手,肯定会将它夺过去,然后逃之夭夭。"

"说得正是。"斯托克说道,"也就是说,哈特曼死前拼尽全力,就是为了把那只空罐子拿下来。为什么最后他要通过自己的这一举动将我们的注意力引到这只罐子上呢?"

"很明显,他是想告诉你些什么。"

"那是自然,"斯托克不耐烦地说道,"可他想告诉我们什么呢?这也正是我们想知道的,所以才把你叫来。你能看出些头绪吗?"

"能,"埃勒里说道,"他在告诉你那两个外国间谍是谁。"

斯托克这个人一向是喜怒不形于色的,然而一听这话,原本面无表情的他也惊讶得张大了他不轻易张开的嘴,瞪起了他那双目光敏锐的大眼睛。

"可是,他什么都没告诉我呀,"斯托克低吼道,"根据目前的状况来看,你是不是从中寻到了什么信息?"

"嗯,"埃勒里说道,"是的。"

"什么信息?"

"那两个间谍的身份。"

埃勒里跟斯托克解释说:

"从你阐述的事实当中,我得到了两条线索:第一,那两个间谍就在蒙克的客户清单中；第二，清单中每名客户都有自己的账号。

"哈特曼死前拼尽全力要把我们的注意力引到这只标有'混合烟草C'（MIX C）的空罐子上。MIX C包含了两个词，代表两个间谍。这有可能是巧合，但同时也可能是每个词都代表着一个间谍的身份。

"按照这个思路想的话，我发现，MIX C中的两个词所代表的含意跟架子上其他9只罐子上的标记都不同，也就是说，MIX C中的每个词都可以被看成一个罗马数字。

"就拿MIX来说吧。M代表1000；IX代表10减1，或者说是9。因此，MIX就是数字1009。斯托克，我相信你一定能在他拍回来的清单照片中找到第1009号客户，他就是那两个外国间谍之中的一个。

"C在罗马数字中很直接地代表100，你也一定能在清单中找到第100号客户，他就是另一个间谍。"

绑架案：坏掉的字母T

星期六晚11：55。安吉走进自己家那条小巷，不是很开心的样子。

曼哈顿最东面的地方有一些死胡同，这便是其中的一条。跟其他小巷一样，这里也满是仓库、车库，还有1901年前建成，之后又翻新的公寓楼，黑咕隆咚的。周围一片都是黑咕隆咚的。

今晚，这条小巷给人的感觉比以往要瘆人，安吉觉得是因为自己刚刚看的第二场电影——全彩电影颜色分明，一直在播放凶残怪兽追击烈胆女英雄的画面。一个女孩子，怎么会如此勇敢呢？安吉心想。想到这儿，她有些害怕，快走几步进入门厅，门厅里没有开灯。

她发出了尖叫声。

那是一种嘴巴被堵住时发出的尖叫声，断断续续的，因为一只肥厚的大手从黑暗中突然伸出来，堵住了她的嘴巴，那只手上有一股须后乳液掺枪油的味道。紧接着，又有两只大手伸过来——看来是两只怪兽,她大脑中负责计数的部分自动地完成了这个加法——把她的双手拧到背后,使劲儿推她。

"嚯,嗯。"那人一边往前推她,一边嘟囔道,喘气都带着浓浓的大蒜味。

"嗯,嗯。"安吉疼得直叫嚷,她想把钱包里的9.63美元拿出来给他们。然而这两个家伙看上去并不像是冲着钱来的,因为那个喘气带大蒜味的家伙问了一句:"你确定她就是那个劳顿小娘们儿吗?"这时,一道光线出现在她眼前,那个手上带着丁香花味乳液和枪油味道的家伙说道:"我确定,我在报纸上仔细看过这个小贱人。"那个喘气带大蒜味的家伙用令人脊背发凉的阴险语调说道:"那我们就动手吧!"随后,光线就消失了,安吉什么都看不见了,眼前只有不同色调的黑影。而且令她不安的是,这明显不是普通的抢劫。

安吉的按键式机械计算器上的齿轮在不停地转动,就在那时,那两个怪兽般的家伙把她拖到一辆打着火的汽车上,先是把她的头按到车里,然后用闻着像擦鞋布的东西蒙住了她的眼睛,之后将她脸朝下扔到车厢地面上。紧接着,其中一个人上了车,坐在她身体上方,用脚踩在她关键部位的骨头上,另一个人进到驾驶室里将车开走了。

此刻,安吉弄明白了。这一定跟城市证照发放机构的贿赂丑闻有关。周一上午就要开始对被起诉的专员进行审判。

此时的她,心中掠过一丝祈盼,希望自己能像电影中那个超凡的女主角一样勇敢——然而作为一个纯粹的人类,安吉知道,她只具备人类普遍拥有的那点儿勇气。但与此同时——就像所有簿记员会做的那样——她发现自己还在数数。

星期日上午9：10。"他们到底把那姑娘打得有多严重？"埃勒里问奎因探长，此时两人正在医院病房外面等地方检察官出来。

"没那么夸张，不过，足以向她表明他们的目的了。"父亲低吼道，"都是职业打手，埃勒里。那姑娘现在害怕极了，恐怕很难再出庭做证了。或许你能做些什么。"

从探长的简报当中可以得知，城市证照发放机构的文员安吉拉[1]·劳顿，担任打字员和簿记员，今年23岁，一位金发美女——纽约市方面将以她的证词为主要依据，来给那个搞腐败的专员定罪——昨夜遭遇两名匪徒的劫持，被蒙着眼睛载到一处公寓，遭遇了专业打手的毒打。她还被威胁说如果星期一她出庭做证，就用硫酸将她毁容。之后，即星期天凌晨，匪徒将失去意识的她扔到她家门口的台阶上，路过的巡逻车发现了她。

很明显，这一看就是被告雇打手干的，可那姑娘并没有看到匪徒的脸。所以说，要想将这次殴打事件与即将被庭审的被告联系到一起，几乎是不可能的。

"所以，这件案子就得转移到地方检察官那里。"奎因探长说道。"除非，我们能让她改变主意。有收获吗，赫尔曼？"看到那名地方检察官从病房出来，他问道。那人无奈地摇了摇头，拖着沉闷的步伐走开了。

"那么，该我们去试试看了。"埃勒里说道，随后便进了

---

1 指安吉。"安吉"是安吉拉的昵称。

病房。

那姑娘正躺在病床上，像个植物人一样。

"我们已经掌握了情况，劳顿小姐，这一点儿都不怪你。"埃勒里语气柔和地说道，随之握住她的手，"被职业打手毒打这理由已经足够充分了，我们很难再要求你做什么。可是，如果我们把那些人抓住——让他们老实交代，然后将其逮捕，从今往后你就可以高枕无忧了。那样的话，你还是可以出庭做证的，对吗？"

那只冰冷的小手努力地想缩回去，埃勒里温柔地将它握住。

"奎因先生，这种假设太缥缈了。你要怎么抓住他们？我连当时他们带我去了哪里都不知道，只知道——"

安吉疼得龇牙咧嘴，她缓过来后，埃勒里低声说道："我知道，你浑身都是伤，你刚才说只知道什么？"

"我也不知道是哪儿，但街道对面的一扇窗户里有霓虹灯。他们毒打我的时候蒙在我眼睛上的布掉了一次，他们再次系紧之前我看到灯光在黑暗中一闪一闪。只是一处霓虹灯——整个纽约城都有！"

"找到的概率还真不小，"奎因探长说道，露出了微笑，把假牙也露了出来，"对了，是什么形状的霓虹灯，劳顿小姐？嗯，还有，是什么颜色的？"

"粉红色的，拼成的字母组合是EAT，大写字母。你觉得这种霓虹灯有多少？"

"成千，上万，"埃勒里说道，"不过安吉，霓虹灯经常坏——我叫你安吉你应该不会介意吧？你有没有注意到，霓虹灯上有没有坏掉的字母？"

安吉没太走心地说了句:"有一个坏了,字母T上有一处不亮了,大概是这样。是T那条竖线中间的一个地方。"

"E-A-坏掉的T。"埃勒里笑着说道,"你说是在街对面。那,开车这一路呢?他们开得很快吗?"

安吉噘起嘴巴:"你觉得他们会冒这个险,违反交规被截住吗?我特别注意了一下这件事。他们一次都没有超速。可以凭借感觉判断出来——至少我能。"

"我相信你有这能力,"埃勒里诚恳地说道,"可惜,你无法估算他们开了多长时间。"

"哦,是吗?"安吉咬着牙说道,"我还真知道。车一开我就开始在心里默数时间,以秒为单位。我很擅长这个——我平时练习这个打发时间。等红灯的时候我就停下来。"

"那是自然。"埃勒里说道,他爸爸一句话也没说,"那你们……嗯……中途停下来交过什么费用吗?"

"没有。我什么都没听到。"

埃勒里清了清嗓子:"所以,你一路数着秒数。那到底有多少秒呢,安吉?"

"整个途中我数了417秒。但是得允许有误差——嗯,7分钟的车程吧。"

埃勒里抓过安吉的手,虔诚地放到嘴边吻了一下,这次她的手暖和了许多:"老天保佑你有个擅长计数的大脑。没有别的线索了,是吗,安吉?"

安吉皱了皱眉:"嗯,是的。他们把我的手绑到椅子两边,每一边我都尝试着用指甲划了个X。可这有什么用呢?你们得找到那间屋子才行。"

埃勒里在走廊里哈哈大笑道："真是个了不起的姑娘！爸爸，这样这件事就好办了。嗯，以最快的平均速度来计算，每小时30英里[1]，1分钟就是半英里。车程是7分钟。所以最远的路程是3.5英里——"

"有可能是任何一个方向，"他的爸爸冷冷地说道，"也有可能是绕圈回来。也就是说，你计算的3.5英里有可能就隔了一个街区。"

"我说的是最远距离，爸爸。也就是说，那间屋子和安吉家的距离在3.5英里之内。那么，按每英里覆盖20个街区来算，半径也就是70个街区。"

"也就是说，东西向从东河到哈得孙河之间，还有……嗯……南北向从休斯敦街到哈勒姆河之间，这片区域内的任何一个地方都有可能。"探长反应平平地说道，"如果那位小姐脑子稍有差错，就有可能变成整个曼哈顿岛。这也能算是线索，也能算吧。"

"至少我们知道是在曼哈顿，爸爸——安吉说，他们没有交过路费。我们还知道那间公寓面朝一家餐厅或者咖啡厅。那个粉红色的EAT形霓虹灯是可以从公寓窗户向外望到的，几乎可以肯定的是，那间公寓是在一楼。一旦锁定一间公寓，我们就可以通过安吉在椅子上划的X记号来判断是不是这间。就这样。"

"你说得轻巧。"老人哼哼着说，"好吧，埃勒里，我会把能派去的人都派到附近的街道去寻找那家餐厅或者咖啡厅。可你知道

---

[1] 1英里合1.609千米。

我怎么想吗？我觉得这简直就是天方夜谭！"

星期日下午6：15。探长的预测应验了。最后一份报告到达总部时，他语气平和地说了句："在曼哈顿没有找到带有EAT形霓虹灯且字母T坏掉的餐厅或是咖啡厅。现在怎么办，我的孩子？"

"时间，"埃勒里一边嘟囔，一边在探长屋子里来回踱着步子，"时间！离审判开始还有不到16小时……霓虹灯，其中有一个字母坏掉了——"

只听他爸爸说道："怎么了？"

"怎么了？"埃勒里喊道，"我就是个傻子！连做人家姑娘的书童都不配！爸爸，你这么做……"

星期一早上5：02。探长成功了。奎因父子在仅仅1小时之内就火速赶到了曼哈顿一条不起眼的街道上，盯着平板玻璃窗后面忽闪忽闪的粉红色EAT形霓虹灯，它是24小时亮着的——T那一竖有个部分坏掉了，正如安吉·劳顿描述的那样。

从街对面望过来，有几条可能的视线路径。奎因探长的手下也的确定位到了一楼的一个房间，从那里能看到EAT形霓虹灯。他们发现里面有人，正在睡觉，手上一股丁香花味乳液掺杂枪油的味道，也发现了椅子上划的两个X，此外，还有当时用来蒙安吉·劳顿眼睛的擦鞋布。他们劝导这家伙招供，几番鼓励之后，他招了，而且到了凌晨5：37，他们又找到了那个喘气带大蒜味的家伙，经确认，他就是那晚的另一个绑匪。

探长和埃勒里兴高采烈地开着车去医院见了安吉，之后又去了地方检察官办公室，两个绑匪在那里坦白交代了自己的罪行。案件的处理结果尽如人意，只是，那个贪污受贿的公职人员这回麻烦可大了。

当时，埃勒里让奎因探长叫停搜寻餐厅或咖啡厅的行动，而是……算了，还是让埃勒里自己说吧：

"在划定的范围内，所有餐饮店铺都看过了，并没有发现安吉描述的那种EAT形霓虹灯。有没有可能那个标志代表的不是餐饮类店铺？——原本的单词也不是EAT，而是其他单词？

"根据安吉提供的线索，那个字母T有一处坏掉了。有没有可能坏掉的不止这一处？比如，大家经常能见到整个字母都坏掉的霓虹灯。由于当时是深夜，安吉只能看到亮着的部分。猜想一下，EAT前后会不会有别的字母？！

"从E-A-T这种组合来看，若有缺失的字母，那最有可能是在前面的位置。翻一翻单词表就会发现，这种情况下，只有一个字母能和EAT组成一个单词，那就是M。所以，我建议他们搜寻窗户上带有坏掉的MEAT形霓虹灯的肉铺，他们就找到喽。"

谋杀案：半条线索

早上。医生一离开，埃勒里就赶紧下楼去了街角的药店。

"医生要我爸爸尽快服用抗生素，亨利，"埃勒里对药店店主说道，"我在这里等着，您能帮我把药开好吗？"

"当然，都是现成的药，"亨利·布鲁巴克说道，"艾伯特，赶紧帮奎因先生把药包好，好吗？"

艾伯特和艾丽丝是一对双胞胎，跟他们的继父一样，都是持证上岗的药剂师，此刻正在高挡板后面的配药间忙活着。艾伯特拿过奎因探长的药方，热情地跟埃勒里打着招呼，但艾丽丝眼睛红红的，只是朝他无力地笑了笑。

"听说你爸爸病了，真遗憾，埃勒里。"

"可能是感染了病毒，亨利。"

"最近邻居们都感染了病毒。这倒提醒我了。"老药剂师走到自己的冷饮柜旁，拿了些水出来，"今早我自己都忘记吃抗生素了。"

亨利·布鲁巴克把手伸进自己灰色的工作服里，拿出来一只小白瓶，里面装着黄绿相间的胶囊。说话时，他吞掉了一颗，然后把瓶子放回到口袋里。"身为药剂师，自己给自己治病，怎么样，埃勒里？"他咯咯地笑着，"医生说我是他最不听话的患者。"

"跟我生活在一起的可是一个老顽固，亨利，人家表面上会让让你，可还是想怎么样就怎么样，"埃勒里一脸忧郁地说道，"谢谢，艾伯特。就这么着吧，嗯？"说完，他急匆匆地出去了。

埃勒里一走，艾丽丝就将一瓶止咳糖浆放到药剂台上，一脸严肃地说："爸爸，我有话要跟你说。您过来一下可以吗？"

"好吧，亲爱的。"亨利·布鲁巴克叹了口气说道，他知道是什么事，"艾伯特，过来看一下店。我们一会儿就回来。"

"祝你好运，姐姐。"艾伯特低声说道。不过此时，他的这位双胞胎姐姐已经上了楼梯，那楼梯是从后屋通往药店楼上布鲁巴克的公寓的。

继父耐心地跟在后面。他心想，一个男人，竭尽所能地养育着亡妻的孩子，还貌似总是做事不周。这对双胞胎姐弟总是一个问题接着一个问题。此外，他还有另一个继子，名叫阿尔文，是一名二手车销售员，自从他结婚后亨利就很少见到他。

"又是厄尼的事儿吧？"老人问继女。

"是的，爸爸。"艾丽丝激动地说道，"您就同意了吧。老实跟您讲，我爱厄尼，想跟他结婚——"

"可是，你得带上那1万美元，他才会跟你结婚，"继父冷冷地说道，"所谓的爱情！亲爱的，什么样的人会在提亲的时候谈这种条件？那样一个游手好闲的人，连警察都经常找他，跟那样的人在一起，过的会是什么样的生活？"

艾丽丝伤心地哭起来，说道："您觉得您女儿是伊丽莎白·泰勒之类的大美人吗？爸爸，我知道自己长什么样。如果您不把钱给厄尼，他就要跟萨迪·劳施结婚了。那样的话我会死的……我会……不顾一切地做出一些事情。"

老人用胳膊环住了抽泣的女孩儿："不要那样说，孩子。相信我，没有他，你会过得更好。"

艾丽丝抬起红肿的眼睛："这么说，您还是不愿意把钱给我？您已经决定了吗？"

"都是为了你好，亲爱的。你会遇见好男孩儿——"

艾丽丝越发沉默了。紧接着，她默默地下了楼。亨利·布鲁巴克站在原地，极为担心的样子。因为他看到继女脸上的表情……

晌午时分。老布鲁巴克正在午睡，被分机电话吵醒了。半睡半醒中，他从床上起身接起电话，楼下配药间的电话也同时被接起。

只听艾伯特说道："布鲁巴克药店。"

老人刚想挂掉电话，只听一个沉重的声音说道："给我听着，艾伯特·布鲁巴克。这里是赌马店。"

赌马店？亨利·布鲁巴克一下子警觉起来。自从大学毕业后，艾伯特就再也没去过那种地方。难道他又私下里玩赌马了？于是，老药剂师又接着往下听。他想得没错，果然是艾伯特的赌马经纪人。

"听着，你这个骗子，"经纪人说道，"你觉得我会一直忍你吗？你这个卖药的小子，已经欠了我8000美元了，我现在就要你还现金，马上。"

"等等，等等。"艾伯特说。此时，继父能听出来，艾伯特被吓坏了。艾伯特继续说："听你的口气，乔，你是要让手下人解决掉我咯。那你还怎么拿到钱呢？再给我几天时间，乔，你看怎么样？"

"你这又是在耍花样吗？"

"乔，我发誓，我马上就要攻破老爷子了。"亨利·布鲁巴克甚至都能听出来艾伯特被吓得一身冷汗。"再过几天，我肯定能搞定。怎么样？就这么定了吧，乔？"

"好吧，小子，如果下周五我拿不到那8000美元，你就祈祷自己好运吧。"

药剂师等继子挂了电话，才把卧室这边的电话放下。这么说，他是想算计我，是不是？老人心想。可怜的艾伯特。他不是个坏孩子——除了赌马这件事。亨利·布鲁巴克已经给他最小的继子还了很多赌债，看来，不能再这样下去了。

艾伯特到底想要干什么呢……？

晚间。老药剂师从药店后面的楼梯上来，中途到厨房看了一眼艾丽丝之前放在烤箱里的面包，刚好听到另一个继子阿尔文和他的妻子在客厅里说话。阿尔文之前有些不好意思地打了个电话给他："嘿，爸爸！"他说要跟格洛丽亚过来吃晚饭。老人纳闷儿，阿尔文的妻子这回又打的什么主意呢。

没过多久，他就弄明白了——只听格洛丽亚操着一副尖嗓子在那里喋喋不休地说着。

"嗯，你再去问问老爷子，阿尔文！我可不想因为1.5万美元那么点儿钱而让你错失这次购买汽车代理权的机会！"

"可爸爸认为汽车代理已经没什么发展空间了，他们根本就是想坑我。"阿尔文唯唯诺诺地说道。

"爸爸认为！他知道什么？你难道还要违背对我的承诺吗，阿尔文·布鲁巴克？"

"不是的，格洛丽亚，"阿尔文厌烦地说道，"都跟你说过了，我会再探探爸爸口风的，一定会的。你非要这么步步紧逼吗？"

"你得提醒他，他绝大多数的资产都是要留给你和那对双胞胎姐弟的。你一定要让他把你应得的那份给你，否则你看着办！"

"好吧，好吧！"亨利·布鲁巴克的这个继子喊道，"你想要我做什么我就做什么！别再逼我了！"

第二天晚上。"我真不知道你在烦恼什么，亨利。"奎因探长说道。他穿着睡衣和浴袍，病还没好，但埃勒里努力了好久，依旧无法让他老老实实地躺在床上。"是这样啊，你不愿意出钱让你可怜的孩子艾丽丝嫁给那个窝囊废，不愿再给艾伯特还赌债——不用担心经纪人的威胁，我会搞定他的，此外，你也不想遂了阿尔文妻子的心愿，资助他投资，因为你已经断定那是场骗局。在我看来，你是个负责任的父亲。可问题出在哪儿呢？"

"我觉得，爸爸，问题在于，"埃勒里皱着眉头说道，"亨利在为自己的性命而担忧。"

探长瞪大眼睛："你是在开玩笑吗，亨利？"

药剂师摇摇头："我倒希望自己是在开玩笑，探长。"

"但谋杀？好吧，他们毕竟不是你的亲生骨肉。不过那对双胞胎本性不坏，虽然阿尔文的妻子不怎么样，但阿尔文还是个勤勤恳恳工作的孩子——"

"若真像你想的那样，亨利，"埃勒里说道，"倒是有一个简单的方法可以免去性命之忧。我猜你应该立过遗嘱，把所有的钱都留给艾丽丝、艾伯特和阿尔文了吧？"

"当然。"

"那就干脆写一份新的遗嘱，不让他们继承遗产。没有利益，危险也就没有了，这件事也就到此为止了。"

老布鲁巴克摇摇头："我不能那样做，埃勒里。当初他们妈妈去世的时候我就承诺过，让他们继承遗产。现在我绝大部分的财产都是她留给我的。所以我死后，她的孩子理应继承遗产。"

"管他呢，亨利，"探长气呼呼地说道，"既然你这么确定他们会对你动手，那现在就把钱给他们算了。"

"这也不行。那样我就破产了，就连药店都保不住。"布鲁巴克苦笑道，"我都快要精神分裂了！最后一顿药都忘了吃。埃勒里，能给我倒点儿水来吗？"

埃勒里去倒水，探长说道："都见鬼去吧，可是，亨利，在没有犯罪事实之前，恐怕我什么忙都帮不上。没办法，法律就是这么规定的。"

"除非，亨利，你还有什么事没跟我们说，"埃勒里拿着杯水回来了，"我知道，你不会仅凭你告诉我们的这些事就臆想他们要谋杀你。一定是有更加明确的线索，是不是？"

"我到现在都不敢相信。"布鲁巴克痛苦地点了点头说道。接着，他从白色药瓶里拿出来一粒红黄相间的胶囊，看都没看，直接就着一口水吞了下去："可这却是事实，有人从后屋的一个药柜子里偷走了一些毒药。"

药剂师一说毒药的名字，奎因父子俩表情凝重地互相递了个眼神：这种药，很小的剂量就可以致命，而且服用后会让人立即毙命。

"我知道，毒药是在过去的36小时内被人偷走的，"布鲁巴克继续说道，"我甚至都知道是哪个孩子偷走了它，只是现在还没有证据。"

"你之前怎么不说？"探长火冒三丈地说道，"是哪个孩子偷的？"

药剂师说话突然变得困难起来："是……是……Al[1]——"他随即倒吸一口气停住了。

紧接着，他呼吸困难，手在空中乱抓。随后，他的表情变得狰狞，全身抽搐，膝盖弯曲。再后来，令人不可思议的是，他居然直挺挺地躺在奎因家的地板上死去了，像一块大骨肋眼牛排。

"死了，"探长查验了一下药剂师的尸体，面色铁青地抬起头来，"在我们眼前遇害！你闻到毒药的味道了吗，儿子？"

"就在他刚刚服用的胶囊里。"埃勒里从那只一动不动的手中将白色药瓶拿过来，打开。里面是空的。"原来是最后一粒，好吧，"他抓狂地说道，"我怎么就没想到——？"

---

[1] 三个孩子名字的头两个字母都是Al。——译者注

"胶囊一溶化,他就被毒死了。"奎因探长依旧没有缓过神来,"一定是三个孩子中的一个把毒药放到了一颗胶囊里,并且把亨利药瓶里剩的最后一颗胶囊调了包。他要是能再多撑一会儿该多好,把那人的名字说出来……"

"或许,"埃勒里突然说道,"这并没有耽误什么。"

"儿子,他只跟我们说了'Al——'。可能是艾丽丝(Alice)、艾伯特(Albert),也可能是阿尔文(Alvin)。只有一半线索——而且还是没有用的那一半!"

"爸爸,一半线索总比没有强吧。"

探长嗖的一下站起来:"埃勒里·奎因,亨利·布鲁巴克就死在我们面前,你难道是想说,在他倒地的一瞬间你就知道谁是凶手了?"

埃勒里说道:"是的。"

埃勒里解释说,死者遇害的前一天早上他去过药店,等着给探长抓药,他看到当时亨利·布鲁巴克从药瓶里拿出来一颗抗生素胶囊——黄绿色相间的胶囊。

"可是刚才,"埃勒里继续说,"我们俩都看见了,他从药瓶里拿出来吞掉的是一颗红黄色相间的胶囊。亨利居然连看都没看一眼,真是不幸——他知道只剩最后一颗了,否则,他一定能注意到胶囊的颜色不对。事情发生得太快,我没有时间反应。"

"那么,问题是:到底是布鲁巴克的哪个继子女——他说自己知道是哪个——用一颗自制的、装有毒药的红黄胶囊调换了那最后一颗流水线制造的、装有抗生素的黄绿色胶囊?

"嗯，若是一名专业药剂师，他会懂得抗生素药品制备的专业知识，要想骗被害者——这里要强调的是，这名被害者同样是一名药剂师——吃下毒胶囊，他会用一颗颜色不对的胶囊吗？不太可能。只有非专业人士才会如此无知，或者说是粗心大意。

"所以说，下毒的人不可能是那对双胞胎，即艾丽丝或者艾伯特，因为两人都是经过注册的专业药剂师，只能是那个汽车销售员阿尔文……恐怕，是受了他家那名悍妇的唆使。"

匿名信案：婚礼前夜

麦肯齐与法纳姆两家喜结良缘——据一位权威人士透露（此人的权威性堪比莱特镇大事记公司的社会学版编辑维奥莉塔·比尔科克斯）——这可是今年夏天社交界的一件大事。莫莉·麦肯齐要嫁给康克林·法纳姆医生，就下半年来看，没有什么比这件事更轰动的了。

准新娘是唐纳德·麦肯齐（此人掌管着莱特镇私人金融公司、乡村俱乐部、艺术博物馆学会等机构）的女儿，而年轻的康克林·法纳姆则是莱特镇一位前途无量的外科医生，也是新英格兰内科名医法纳姆的儿子。老法纳姆是县医学协会主席，也是莱特镇综合医院的董事会主席。这对新人的结合绝对可以称得上是"邻人爱情"，因为麦肯齐家那栋弗吉尼亚殖民地时期风格的房子（建于1946年）离法纳姆家红木搭配玻璃的牧场式现代宅院仅一家之隔，两家后院的草坪中间只隔着哈勒姆·拉克斯家那不足1英亩[1]的宅

---

[1] 英制中的面积单位。1英亩合4046.86平方米。

院,可谓对望相拥。

当然了,这是一场幸福的婚礼,要由主教大人来亲自见证。为参加此次婚礼,这位知名人士将专程从波士顿赶来。为此,欧内斯特·海蒙特牧师的心里暗自有些失望,他还指望着麦肯齐家能够赏光让当地的青年才俊施展一下身手呢。其实,海蒙特牧师眼看就要说服唐纳德·麦肯齐了,可比伊·麦肯齐却像马霍加尼的花岗岩石头一样坚硬难搞。莫莉是比伊唯一的孩子,她筹划、渴望了这么久,事情要办得完满,绝不容许有任何瑕疵,所以这件事必须由主教大人亲自上阵。婚礼结束之后,会办一场草坪接待会,接待156位精心筛选过的座上宾客,酒席的操办由康恩海文的德尔·莫妮卡家负责。

"康恩海文!比伊,我的生意都在莱特镇,"唐纳德·麦肯齐义正词严地说道,"利兹·琼斯哪里不好了?过去的35年里,这个镇上凡是重要的场合,都是由利兹家提供酒席服务。"

"没错,"比伊拍了拍丈夫的手说道,"可你知道这样有多俗气吗?现在不用你插手这件事,唐纳德。你只需要出钱,其他一应事宜就由我来操心吧。"

社交上的"问题"都是由比伊来解决的。康克[1]是个万人迷,可与此同时也招惹了很多麻烦,比如米莉·伯内特家的桑德拉——这姑娘长着一副大身板,总是气喘吁吁的,性情与头脑都是那种粗线条型的。桑德拉喜欢户外活动,康克穿高领毛衣的时候经常在户外见到她。一来二去,桑德拉就喜欢上了他,米莉还给女儿准备了丰厚的

---

[1] 康克林的昵称。

嫁妆。康克却明确表示，自己从未承诺过桑德拉什么，他也不可能做这种事。可直到今天，米莉·伯内特依旧会冷冰冰地聊起他。

还有芙洛·佩蒂格鲁，这姑娘是J.C.家的小女儿。康克林·法纳姆在博德山学完滑雪后，转而去奎托诺基斯湖周围的松树林跟大家学起了诗，那时芙洛就接替了桑德拉原先的位置，成了康克林的爱慕者。芙洛面色苍白，表情严肃，发型和年轻时候的埃德娜·圣文森特·米莱[1]差不多，据说大事记中的爱情诗主要是她写的。后来，康克毁了与她的婚约，她失魂落魄得像一枝打蔫儿了的百合花，还用激烈的言辞写了死亡主题的诗。问题在于，莫莉的婚礼还必须邀请伯内特家族与佩蒂格鲁家族的人。更糟糕的是，桑德拉和芙洛是莫莉最要好的朋友。

了不起的比伊是这样解决问题的：她劝莫莉说，最明智的办法就是假装过去什么都没发生。而继承了母亲智慧与父亲俊美容貌的莫莉在心底对此感到怀疑。不过，她还是邀请桑德拉·伯内特和芙洛·佩蒂格鲁做她的伴娘。两人欣然同意——桑德拉兴奋得直叫，而芙洛则表现得十分安静——所有人都松了一口气，除了康克林·法纳姆。

接下来，比伊还要面对另一个难题，那就是珍。照理讲，远在英国的亲友赶来莱特镇参加婚礼本应是一件激动人心的事，但珍妮弗[2]·雷诺兹是比伊的表姐，因此她于比伊而言也是一个负担，这个人整天愁眉苦脸地在麦肯齐家里晃荡，注定会严重影响到莫莉婚

---

[1] 埃德娜·圣文森特·米莱（Edna St. Vincent Millay，1892—1950），美国诗人兼剧作家。
[2] 即珍。"珍"是珍妮弗的昵称。

礼的喜庆氛围。

针对珍的问题，比伊可是费了不少心思。最后，她表示："可怜的珍现在需要的是一个男人。"

"哦，妈妈，"莫莉说道，"我把所有男嘉宾都跟她细数了一遍。谁都入不了珍的眼。"

"谁都不行？"母亲哼了一声，说道，"你说的是弗拉克医生，还是亨利·格兰戎？沃尔特·弗拉克对女人的了解仅限于他在月子中心知道的那些。而亨利呢，跟妈妈打一晚上桥牌游戏就算是度过美好时光了。"比伊皱了皱那短而扁的鼻子，像在动什么脑筋："老天，就以珍的心意来说，恐怕整个莱特镇都找不到她觉得有意思的人……"

"那谁适合当这个受害者呢？"莫莉咯咯地笑道。

"嗯，"当妈妈的有些防备地说道，"我一直都在想办法，把埃勒里·奎因从纽约请过来，参加婚礼……"

埃勒里遥想上一次见到这对新人，还是在莫莉上莱特镇高中的时候，当时她还是个害羞的小女孩儿，而年轻的康克林·法纳姆还是个勤奋努力的医学专业学生，喜欢看相对严肃的肥皂剧。埃勒里这次也只发现他们一个已经长成了光芒四射的年轻女性，一个成了头脑冷静的外科医生，此外就再也没有进一步的接触，原因在于麦肯齐家总是有各路说话含混不清的妇人，乱哄哄的，电话铃和门铃响个不停，不是送包裹的就是送箱子的。一扇扇紧闭的房门后，总是有人聚在里面窃窃私语，七嘴八舌地说些什么。在这众多的声音中，莫莉、桑德拉·伯内特和芙洛·佩蒂格鲁那阴诡的笑声尤其突出。在这种意义非凡的时刻，准新娘和伴娘们总是有着无限的精力七嘴八舌地聊些事情。莫莉的新郎偶尔会像一把飞快的手术刀一样嗖的一下进来,带着医用杀菌剂的味道,找个隐蔽的地方跟新娘亲热一番,随后赶紧消失。唐纳德·麦肯齐则很少露面,即使露面也是被派去跑腿或完成其他任务。至于邀请埃勒里前来的女主人,也只有在用餐的时候才能见到她。

"不好意思,我们怠慢了您,奎因先生,"比伊面带歉意地说道,"不过,得知有珍妮弗陪您,我们也就安心了,她太像您了——安静又深沉——而且,她还对艺术之类的领域感兴趣。您会发现你们有很多相似之处。"然后她就快速离开了,还不忘帮他们把门关上。

珍妮弗·雷诺兹今年34岁,浅金色的头发,原本姣好的面容像遭受了强烈的摧残,皱纹悄然爬上面颊。她不知为何事所困扰,她的问题似乎是不可解的。

麦肯齐夫人这位英国表姐身上的那种脆弱无助令埃勒里有些手足无措。康克林·法纳姆办公室里有一位同事,名叫沃尔特·弗拉克,据说他在为这位英国表姐看病,得知此事的埃勒里并不觉得惊讶。不过,她的脆弱无助不仅仅是身体上的。她整个人就像破旧得快要磨没了的丝织品,只要轻轻一碰就会成为碎片。

一天下午,屋子里格外喧闹混乱,埃勒里就开车带珍妮弗·雷诺兹来到湖上泛舟,阳光明媚,松树成荫,湖水静静地拍打着他们漂浮着的小舟,借此美景,两人聊了起来。

他们聊到了莫莉和她的外科医生准新郎,埃勒里感叹说两人看起来那么幸福甜蜜,可惜,这段感情就像所有感情一样,今后注定要受到摧残。

"注定？摧残？"英国女人正看着湖上的水波若有所思，听了他的话猛地抬起头，吃惊地问道。

"雷诺兹小姐，你应该明白我的意思。婚姻或许是上天缔造的，可到了现实中是个什么样子呢？"

"你这个单身汉。"她一边哈哈大笑一边往后一仰，躺在小舟里。随后，她又不安地坐起来："你这话说得不对。莫莉和她的康克林是很幸运的。奎因先生，你信命吗？"

"信，不过只在极为有限的范围内。"

"所有事情都是看命的。"珍妮弗抱起膝盖，就在这时，一片云彩把太阳遮住了，天一下子凉下来，"有些人生来就是幸运的，有些人不是。生活中会遇到什么，跟我们自身没有关系，跟成长经历也没有关系，跟我们在生活中的努力程度也没有关系。"

"现代的观念可跟你的不一样。"埃勒里笑着说道。

"是吗？"她盯着泛起涟漪的水面说道，"我14岁开始就已经在灰暗的生活中挣扎了。我从来没拥有过什么正经东西，甚至都吃不饱，也从不曾打扮得那么迷人。我没有抱怨，依旧努力地生活。即便再艰难，我也一直自学知识。我猜，比伊应该跟你提起过吧，我平时写一些评论，主要是在美术领域……战争时期，我恋爱了。他是一名海军。后来，他所在的战舰在北海遭遇鱼雷袭击，船上所有人都遇难了。我们原本打算在他下一次休假期间结婚的……我收拾好破碎的生活，继续前行。那时，我有自己的工作，也有家庭——非常穷困的家庭，奎因先生——父母生病，还有弟弟妹妹……但是我们都深爱彼此，认真地生活……去年2月发了一次洪水，英格兰东南海岸都被冲垮了，我全家都被洪水冲走了。我是唯一幸存下来的,我当时正在伦敦。所以你看,连这种倒霉事都能发生在我身上。"

她说着,那张历经沧桑的脸上眉头皱起。埃勒里移开视线,说道:"好吧!"随后他拿起桨:"是积雨云。让我们领略一下海华沙[1]曾见识过的意境吧,怎么样,雷诺兹小姐?"

他不得不承认,珍妮弗·雷诺兹的身世的确特别。

至于桑德拉·伯内特和芙洛·佩蒂格鲁,就没有什么可说的了。随着婚礼时间在吵吵闹闹中越来越近,她们的笑声与莫莉的笑声相互呼应,已经成了歇斯底里的尖叫。就在那天晚上,雷诺兹小姐将心中的秘密讲给埃勒里听,他这才明白其中的原委。

比伊和唐纳德·麦肯齐去高村与莱特镇花店的阿弗多·比罗巴蒂安见面,据说栀子花的生意有些吃紧;康克和莫莉两人开车约会去了;珍妮弗很早就回去休息了;埃茜·汉克尔洗完碗后就上床了;埃勒里把自己关在房里,因为纽约那边还有些工作要他做。

家里终于安静下来了,他忘我地工作着,以至于后来听到嘈杂声时他一看手表,吃惊地发现已经过去了1个小时。

那嘈杂声是从卧室那一层传来的,埃勒里打开房门往走廊里张望了一下。莫莉的房门是开着的,灯也亮着。

"这么快就回来了,莫莉?"他站在莫莉房门口,笑着说道。只见莫莉正穿着婚纱站在衣帽间的穿衣镜前调整头纱,埃勒里说:"我看出来了,你一定是迫不及待了。"

---

[1] 海华沙(Hiawatha),美国诗人朗费罗所作长诗《海华沙之歌》的主人公,原型为印第安人的民族英雄。

紧接着，那人转过身来，他一看，根本就不是莫莉·麦肯齐，而是桑德拉·伯内特。"抱歉！"埃勒里说道。

桑德拉原本古铜色的脸上浮现出一层死灰色。"我……只是路过，"她说道，"我以为家里没人，我是想说——"紧接着，这个大块头姑娘一下子扑到莫莉的梳妆台上大哭起来。

"发现莫莉不在，你就忍不住试穿了她的婚纱？"

"真是太丢脸了，"姑娘抽泣道，"我总以为康克和我会……哦，你是不会理解的！"那礼服穿在她身上太小了，埃勒里发现衔接缝都险些要裂开。"我再也不会跟别人结婚了——永远不会，永远不会了……"

"你当然会了，"埃勒里说道，"得等你找到那个对的人，不过，那个人肯定不是康克。咱们都别把这件事说出去，桑德拉，我们俩都别说。你现在是不是应该把这身衣服脱下来——趁莫莉还没回来？"

10分钟后，他听到那姑娘离开了。伯内特家离这里不远，桑德拉的平底鞋踏在路面上，听起来她像是在跑。

那是那天晚上发生的第一个意外事件。第二件事发生在很久之后——半夜后很久。比伊和唐纳德·麦肯齐从花商那里回来，事情办得很成功，随后两人就睡下了。夜晚天气和暖，埃勒里下了楼，悄声穿过黑黢黢的屋子和敞开的前门来到游廊上。他坐在一张柳条椅上，脚放在门廊栏杆上，沉浸在凉爽的夜色中。

后来，康克林·法纳姆开着敞篷车拐到车道上，朝游廊这边开来。车熄了火，灭了灯，埃勒里刚想过去打招呼。突然听到莫莉一阵闷闷的大笑声，还有康克那富有磁性的声音："过来吧你！"于是他觉得,这突然安静下来一定是有事,还是不要去打扰为好。好长时间之后,只听莫莉喘着粗气说道:"不,亲爱的,今晚就到这里吧——已经很晚了。"紧接着,埃勒里听见她跳下车,从马路上跑过来,进了侧门。

莫莉刚把侧门关上,还没等康克把车打着火,车道另一边的杜鹃花花丛中就传来窸窸窣窣的声响,紧接着只听见一个女人的声音:"康克!等等。"

年轻的外科医生吓了一跳:"谁?是谁在那儿?"

"是我。"

"芙洛,这么晚了你在这儿干什么?"

"我得跟你聊聊。我已经在花丛里等你几个小时了。先让我上车,康克。带我去别的地方。"

随即两人停顿了一下,随后康克慢慢地说道:"不,芙洛,我不能带你去别的地方。我得回家了。早上8点我还有手术。"

"你一直在躲着我,"芙洛·佩蒂格鲁的声音有些哽咽,"现在也是在躲我——"

"我们没什么好说的。"埃勒里听康克这样说道,"我之所以悔婚是因为我觉得这一切都是错的。芙洛,我都这样想了,你不希望我尽快把这件事翻篇儿吗?总之,都是些小儿科的事情,为什么现在还要重提呢?有什么意义呢?"

"因为我还爱着你。"她哽咽道。

"芙洛,够了,这样对莫莉不公平,"他的声调异常尖锐,"如果你不介意——"

"康克,你从来没给过我们俩机会!我们有那么多在一起的回忆……在湖边那些有萤火虫的夜晚,我们的音乐,还有诗……记得吗,我跟你说过,那首关于米莱的诗是我自己写的?诗里写道:'我就知道,那年的夏天只会在我心里吟唱片刻,便再不会存在。'竟然一语成谶!我恨你!"

"芙洛,你快把人家家里人吵醒了。请你把手从我的车上拿开!我要回去休息了。"

"你这个笨蛋!傻瓜!你真以为像莫莉那么幼稚的人——"呼啸的汽车引擎声盖过了她的后半句话。敞篷车快速倒回到马路上,车灯的强光扫过,埃勒里看到了芙洛·佩蒂格鲁那张消瘦而苍白的脸。紧接着,灯光消失了,埃勒里加重步伐往屋里走去,心里倒是希望那个站在马路上的姑娘能够听到他的脚步声。

婚礼前一天,莫莉邀请桑德拉、芙洛以及其他五个女孩儿过来参加早午餐派对。"这是最后一场休闲派对了。"莫莉哈哈大笑道。休闲派对办得很热闹——莫莉的爸爸回来跟埃勒里在侧面的门廊里用午餐时评价说,这派对看起来倒是跟老汉克尔家在农仓给牲畜喂食差不多。

莫莉非要把朋友们拉到门廊那里见见这位纽约来的作家。埃勒里花了5分钟时间把这些好奇的家伙应付走,与此同时也关注了一下芙洛·佩蒂格鲁和桑德拉·伯内特脸上的表情。可惜,女诗人和户外型女孩儿并没有什么特别的反应。两人都默不作声,仅此而已。如果说有人紧张的话,那也就是准新娘了。莫莉看上去有些紧张,有些心不在焉。埃勒里猜想,她是不是听到了前一天晚上那两人在马路上那段不愉快的对话。之后他才想起来,其实从前一天的下午开始莫莉就一直很紧张。

"到时间了!"莫莉叫道,"姑娘们,请允许我们先走一步。因为我们要去教堂跟康克碰面——海蒙特牧师要在主教大人在场的时候帮我们来一遍彩排。桑德拉、芙洛,帮我送送大家,好吗,亲爱的姐妹们?我这就去换衣服,你们一会儿上楼来找我。对了,爸爸,你可不能回办公室了,妈妈说的!"

说完,莫莉就赶紧跑了。

桑德拉和芙洛送姑娘们上了车,其间埃勒里和男主人用完了午餐。埃茜·汉克尔正在给大家上咖啡,此时却发生了一件事。

珍妮弗·雷诺兹出现在门廊口,脸色像桌布一样苍白:"唐纳德,莫莉刚刚在楼上又哭又笑,恐怕还出现了晕厥的迹象。你快点儿过去看看吧。"

"莫莉吗?"

紧接着,莫莉的爸爸赶紧跑了过去,珍妮弗跟在他后面。

埃勒里站在门廊里,看见两位伴娘正挥手送走最后一辆车,他上前一把抓住桑德拉的胳膊:"给康克·法纳姆打电话——他马上要出门了,是不是?此刻他一定还在家里,为一会儿的彩排做准备。告诉他立马过来。莫莉那边出事了。"

"出事了!"

他见芙洛·佩蒂格鲁眼睛里闪过一道光,随后赶紧跑进屋子,上了楼。等他到了莫莉卧室门口,只听桑德拉正激动地在前厅打电话。

莫莉正躺在更衣室地板上的一堆衣服中间,双目紧闭,两颊没有了血色。比伊和唐纳德·麦肯齐正跪在旁边,尝试唤醒她。比伊揉搓着姑娘的左手。

"帮她搓另一只手,唐纳德!别像个蛤蟆一样蹲在那里!"

"我掰不开她的拳头。"莫莉爸爸抱怨道,接着,他轻轻地揉搓着莫莉的右拳,"莫莉——孩子——"

"醒醒啊,莫莉!"比伊哀号道,"都是因为今天太兴奋了,我就说过,不要叫那些蠢丫头过来——"

"医生在哪儿?快叫医生!"唐纳德说道。

珍妮弗慌慌张张地从卫生间拿了杯水出来。

"已经叫医生了,"埃勒里爽朗地说了一句,"来,先让我把她弄到床上去。你们两个傻瓜父母,快躲开。麦肯齐夫人,把窗户都打开。雷诺兹小姐,水就算了吧——她会被呛死的。我抱起她的时候你把住她的头往后仰。就这样……"

康克·法纳姆冲进来的时候埃勒里还在抢救莫莉,不过没什么效果,只见康克·法纳姆领带耷拉着,脸上还沾着刮胡泡沫。

"出去,"他吼道,"所有人都出去!"

"可是亲爱的,你?"比伊伤心地说道,"康克,你不能——在婚礼前一天——"

还没等她把话说完,他就当着她的面把门关上了。

10分钟后,康克出来了:"没事了,没事了,比伊,她没有事。她现在醒过来了,只是受了点儿惊吓。她什么都不肯跟我说。到底发生了什么?"

"不知道!我要去看看我的孩子!"比伊说道。

"进来吧,不过,看在老天的分儿上,千万不要让她激动。"

此时的莫莉正平躺在床上,被子盖到下巴颏那儿,两眼直勾勾地盯着天花板。她脸颊上多少恢复了一些血色,只是那双呆滞的棕褐色眼睛里依旧透着恐惧。

"亲爱的,发生了什么?我的孩子到底是怎么了?"

"没什么,妈妈。我猜,只是兴奋过度而已……"

比伊低声哄着女儿。

"唐纳德,"康克说,"家里有镇静类的药吗?"

"嗯,我的药箱子里有点儿安眠药。几个星期前我失眠,沃尔特·弗拉克给我的。"随后,他说了药的名字。

"那再好不过了。热点儿牛奶,化两片药进去。"唐纳德·麦肯齐赶紧去办,康克走到床边,抚摸着莫莉那光亮的头发,"这位年轻的女士,我给你吃点儿安眠药,你吃下去,感觉会好些的。"

"哦,不,康克,"莫莉小声嘟囔道,"那彩排怎么办……"

"先不用管彩排的事,现在你要是不好好休息,可能明天就办不了婚礼了。难道你不想明天被正式宣布成为康克林·法纳姆夫人吗?"

"别说了!"莫莉蜷缩起身子,把头埋进枕头里,抽泣着。

康克低头看着她,眉头皱起。随后,他语气轻快地说:"比伊,我猜办酒席的人此刻正在楼下等你——我来的时候遇见他们了。我在这儿陪着病人,等唐纳德把牛奶拿上来。其余的人——你们不会介意吧?"

唐纳德·麦肯齐拖着沉重的步伐再次从楼上下来,珍妮弗·雷诺兹跟在他后面,此时的埃勒里正在前厅来回踱着步子。

"她怎么样了?"

"她刚喝了牛奶——我就是想不明白。"莫莉爸爸一屁股坐在前厅桌子旁一把带挂毯的椅子上。

"她还是什么都没说吗?"

"没有。奎因先生,一定是哪里出了问题——很严重的问题。可为什么莫莉不告诉我们呢?"

"没有什么问题,唐纳德,"这位英国女士紧张地说道,"别那么说。"

埃勒里走到前门往外望了望。比伊·麦肯齐正在跟酒席承办方的装饰工们沟通,时不时还忧心忡忡地朝莫莉的窗口望望。芙洛·佩蒂格鲁和桑德拉·伯内特在门廊里,双手放在腿上。随后,他转回身来:"我不同意你的说法,雷诺兹小姐。我觉得麦肯齐先生说得对。一定是有什么原因导致她受到了惊吓,不仅仅是兴奋那么简单。"

"可莫莉是个幸运的孩子。"珍妮弗不禁喊道,仿佛埃勒里打破了她心中神圣的准则。

莫莉爸爸咬着牙说:"从她在楼下跟姑娘们道别,到她回到自己的房间,其间一定是发生了什么。珍,你当时就在楼上,听到什么动静了吗?"

"唐纳德,我当时在房间里,听见莫莉又哭又笑,声音极其怪异,我就知道这些。接着我就跑了出去,在大厅遇到了比伊——她也听到了。我们便一起跑过去,发现莫莉在更衣室里。当时,她正一阵狂笑,随后就两眼一翻晕过去了。"

唐纳德·麦肯齐看了看埃勒里。"我可不喜欢这样,"他慢条斯理地说道,"或许我这是在给您找麻烦,但是奎因先生,您觉得能找到这件事背后的原因吗?"

"你确定，"埃勒里问道，"要我调查吗？"

"是的。"莫莉的爸爸说道，表情很严肃。

埃勒里转过身对珍妮弗·雷诺兹说："你和麦肯齐夫人发现莫莉的时候屋子里没有其他人吗？"

"没有，奎因先生。"

"没有什么异常情况吗？她只是躺在地上？"

"我不记得有什么异常。"

"她打过什么电话吗？"

"我并没有听到电话铃声，奎因先生。"

"几分钟前我倒是接到过一通电话，"麦肯齐说道，"但我只知道这一通。"

"或许是信息之类的。莫莉今早收到过什么邮件吗？也可能是她到了楼上才打开的邮件？"

"对了，"莫莉爸爸突然说道，"我回家吃午饭的时候看到一个信封，收信人是莫莉，当时就放在托盘里。"

埃勒里瞥了一眼前厅桌上的托盘，里面什么都没有："她上楼的时候顺便拿走的。或许就是这样，麦肯齐先生。你记得寄件人是谁吗？"

"我当时没注意看。"

"什么信？"康克·法纳姆一边从楼上下来，一边系着衣领。

麦肯齐将缘由讲给他听。康克摇了摇头："我不明白，事情怎么会是这样的。"

"莫莉怎么样了？"珍妮弗问道。

"睡了。很快就睡过去了。"康克走到门口，望着窗外的那两个姑娘。

"我认为,"埃勒里说道,"我们最好找到那封信。"

后来,他在莫莉更衣室的垃圾桶里找到了信封,就在一堆垃圾上面,甚至还是平整的。但里面是空的。

埃勒里仔细查看了一下,原本瘦长的脸拉得更长了。

"怎么样?"唐纳德·麦肯齐舔了舔嘴唇。

"是一封匿名信,"埃勒里嘟囔着,"用铅笔写的印刷体地址,小商品店里买来的信封,没有寄件人地址。邮寄日期是昨天。可是里面的信呢?"

埃勒里把莫莉垃圾桶里面的东西倒出来,然后动手开始翻找,麦肯齐在一旁默默地看着。找到一半,埃勒里突然站起身来:"我才想起来,我们发现莫莉的时候,她的一只手是紧紧攥着的,你当时都没有掰开。我在想……"

"我猜一定是!"

麦肯齐轻轻打开莫莉卧室的房门。康克之前把窗帘拉上了。他们小心翼翼地走到床边,看了看那个正在熟睡的姑娘。她的右手依旧攥着拳头。

"千万不能把她吵醒了。"麦肯齐小声说道。

埃勒里俯下身来,贴在莫莉胸口听了听。紧接着,他又摸了摸她的额头和眼皮。随后,他一个箭步冲到更衣室门口。"康克!"他喊道,"康克,上来——快!"

"到底怎么回事?"麦肯齐惊慌失措地问道。

埃勒里没有管他,赶紧回到姑娘床边。走廊里传来一阵凌乱的脚步声。康克·法纳姆冲进来,姑娘们和比伊紧随其后。

"怎么回事?"康克疯了一样地问道。

"她的呼吸和心跳不对劲儿。"埃勒里说道。

经过一番仔细的检查之后,康克怒视着自己未来的岳父:"你到底往牛奶里放了什么?"

"就两片安眠药。"莫莉爸爸结结巴巴地说道。

"她服用了过量的药物!比伊和珍——我需要你们两个过来一下。其他人出去!"

"我是按照你说的做的!"唐纳德·麦肯齐哀号道。

埃勒里不得不强行把他拉走。

"听我说,麦肯齐先生!"到了走廊里,埃勒里将这个不知所措的男人按在墙上,"你现在受了惊吓——莫莉也因为惊吓而晕了过去。"说着,他拿出来一张被揉得不成样子的破白纸:"这是我从莫莉的拳头里拿出来的。"

莱特镇的这位生意人死死地盯着纸上的字。一共有十五个字,同样是用铅笔写的印刷体字,跟信封上的一样:

"你竟敢不顾我的警告,今天必须死。"

事后,比伊提到,要不是珍,恐怕他们全家都要完蛋了。珍仿佛是一座坚强的高塔,哪里需要就立即到哪里去庇护大家——安抚比伊的情绪,帮助康克忙活,当桑德拉这个姑娘像头驴子一样发出歇斯底里的狂笑时赶紧给她一巴掌,芙洛泪水止不住的时候帮忙缓解她的情绪,埃茜·汉克尔吓得把围裙往头上一盖,浑身瑟瑟发抖,像个女鬼一样坐在厨房里,珍就下楼来照顾她。

"我生来就是为了解决困难的。"珍骄傲地说道,说完继续去照顾大家。

埃勒里过去问了一些问题,然后悄悄地回来了。回来时,他从康克那里得知莫莉脱离了生命危险,已经恢复了意识,依旧不太舒服,头晕,但会好起来的。康克说除非他召唤,任何人不许上楼。

于是,大家挤在客厅里,草坪那边传来一阵阵热闹的声音,是酒席承办方的人在挂日式灯笼、亮晶晶的饰物和一串串常青植物。

"既然一定要在这里等,"埃勒里说道,"我们不如让这段时间发挥一下它的价值,看看能不能找到事情的真相。"

"麦肯齐先生,康克让你把安眠药放到牛奶里,于是你就把药瓶带到楼下厨房,然后把牛奶放在炉灶上加热。你打开药瓶,刚想拿两片药出来,这时,埃茜喊你过去接电话,是牧师询问彩排的事。于是,你便去书房接电话,一应物品都放在厨房里。埃茜当时正在打扫餐厅和门廊,你跟海蒙特牧师说莫莉晕倒这件事时,她一直都没在厨房。之后,你回来了,关掉火,将两片药放到牛奶里,药溶化之后,你把牛奶倒进杯子里,再将杯子端上楼。康克把杯子拿到莫莉嘴边,她饮下牛奶,当时你就站在一旁。不多时,莫莉就中毒了。"

"看来,"埃勒里静静地说道,"那人是想通过别的方式进行谋杀,可是当你离开厨房去接电话的时候,那人觉得这是一次更好的机会,于是便趁你不在的时候溜进厨房,从桌上拿起药瓶,往牛奶里倒了大量的药片。你回来之后只不过是又倒进去了两片。"

"都是我的错。"莫莉的爸爸呆呆地说道,"我都没注意,药瓶原来几乎是满的,等我回来时半瓶都空了。我当时一心想着莫莉……"

比伊抚摸着丈夫的手,眼睛却一直盯着桑德拉·伯内特和芙洛·佩蒂格鲁,放着凶光。

"问题是,"埃勒里说道,"这里有人想要害死莫莉,可能是这间屋子里的任何人。"

紧接着又是一阵沉默。

"你是在看我吗?"芙洛·佩蒂格鲁尖叫道,"你觉得我会做出那种事吗?"

"没错。"比伊·麦肯齐说道。

"比伊!"珍妮弗喊道。

芙洛踉踉跄跄地后退了一步,浑身颤抖。桑德拉·伯内特坐在那里,表情傻乎乎的,似乎无法理解眼前的事。

"我还是无法相信,"麦肯齐嘟囔道,"居然会是莫莉闺蜜干的……"

"谋杀行为本身就是令人难以置信的,麦肯齐先生。"

"警察——婚礼……现在都被毁了。"

"这还不好说。现在没有必要叫戴金局长过来。对了,我又有了个新发现。"

"什么发现?"大家听了,都抬起头来。

"根据信上所说,之前还有一次警告。意图犯罪的人往往都会遵循一定的行为模式。所以,我就去找另一封信,结果在莫莉的外套口袋中找到了,就是她前天穿的那件外套的口袋中。"

"快——给——我!"唐纳德·麦肯齐咬牙切齿地说道。

这张纸跟之前在莫莉手中找到的那张是一样的,没有信封,上面同样是用铅笔写的印刷体。麦肯齐逐字逐句地大声读起来:"取消你和你的良配法纳姆先生的婚礼,否则你会后悔的。想想勃朗宁的实验室吧!"

"所以她昨天才会那么紧张,"珍感叹道,"可怜,可怜的宝贝。"

"勃朗宁的实验室!"莫莉的爸爸抬起头看着埃勒里,眉头紧锁,"是什么意思?"

"不知道,我还指望你来告诉我呢。"

"勃朗宁的实验室……"他转身问妻子,"我们认识名叫勃朗宁的人吗?"

"不认识,唐纳德。"她似乎没在听他说话,眼睛一直盯着莫莉的两个伴娘,放着凶光。

"那莫莉呢?"埃勒里问道,"或许是高中时候的老师——在化学实验室里的那种。你们几个闺蜜知道吗?"他突然转过身去问桑德拉和芙洛。

两人被吓得一哆嗦。"不,"桑德拉说,"不知道!"

芙洛·佩蒂格鲁使劲儿摇了摇头,脸色惨白。

"我觉得,莱特镇没有叫这个名字的人,"麦肯齐操着沙哑的声音说道,"林普斯科特倒是有一家勃朗宁牙科实验室,但那不可能……"

"太好了!"康克·法纳姆的声音像节日庆钟的钟声一样从楼上传遍了整间屋子。

大家一窝蜂地跑过去,留下埃勒里一个人在客厅里。他静静地坐在椅子上,盯着那张纸条。坐了好久之后,他起身去了麦肯齐家的书房。

"嗯，我们是不会取消婚礼的，"埃勒里走进莫莉卧室时康克林·法纳姆正在跟大家宣布这一决定，"你说是不是，亲爱的？"

莫莉虚弱地抬起头，笑着看他。"决不取消，"她的声音虽然很低，却很清晰，"我再也不会害怕了。"

"婚礼明天如期举行，什么谋杀恐吓，都阻挡不了我们。"说着，康克瞥了一眼莫莉畏缩在窗口的两个闺蜜。

"我可以……我们可以回家了吗？"芙洛弱弱地问道。

"拜托了……"桑德拉啜泣着央求道。

"不可以！"康克吼道，"因为现在——哦，埃勒里，你从'勃朗宁实验室'这个词中得出什么线索没有？我觉得有线索可循。"

"当然，"埃勒里笑着说道，"嗯，莫莉，看来你恢复过来了。"

"谢谢你，奎因先生，"莫莉小声说道，"谢谢你及时救了我……"

"为新郎解救新娘是我的专长。哦，对了，"埃勒里举起手中的大绿皮书，"关于信中的隐语，答案就在这里。"

比伊·麦肯齐瞪大眼睛："是我那本罗伯特·勃朗宁诗集，当初加入罗伯特·勃朗宁社团的时候我们几个姐妹都有。奎因先生，难道信里说的是我这本书？"

"确实是你这本书，"埃勒里说道，"不过具体是指这位作者的一首诗，《实验室》是他写的一首诗的名字。写纸条的人想要莫莉谨记这首具有特别寓意的诗，让我来告诉你诗中都讲了什么吧。"说着，他和善地看了看周围的人。"这是关于一个女人的故事,她发现自己所爱的人爱上了别的女人,便设计毒杀了那个上位的情敌。里面的情节就是这样……那些纸条意在警告,嗯——来自一个女人的警告,她觉得自己爱上了康克,于是要试图杀掉你,莫莉,为了阻止你和他结婚。纯粹的嫉妒,演变成了后来的杀人动机。要不要我告诉你,"埃勒里说道,"那个女人是谁呢?"

"等等!"莫莉一下子坐起来,"等等,奎因先生,拜托了!你是否要给我……给我一份结婚礼物呢?"

埃勒里哈哈大笑,双手握着莫莉那只冰凉的小手:"我确有此意。为什么有这种要求呢,莫莉?"

"因为我只想要一件礼物,"莫莉大声说道,"请不要把那个人说出来,好吗?"

埃勒里低着头看了她好久,然后捏了捏她的手。"你确实是医生的妻子。"他说道。

天色很晚了。月亮落了下去,在夜晚的微风中,草坪上是黑黢黢的一片。各家各户的窗户里都没有了光亮。大家累了一天,都睡下了。沿路往前走,那边法纳姆家也熄了灯。

"我猜,你应该知道我想说什么,"埃勒里对坐在另一张草坪躺椅上的人小声说道,"但我还是要说。"

"你不会再有机会伤害莫莉了——我会盯紧你的。既然莫莉不想把这件事声张出去,我建议你最好等明天婚礼一结束就立即离开莱特镇。我们可以同行。你觉得怎么样?"

椅子上的那个人没有作声。

"做出你这种行为的人往往心理都不太健康。我可以把你介绍给纽约的朋友，他很擅长帮人疏解这种病态的心理。你还是有机会康复的，我强烈建议你抓住这次机会。"

那人在椅子上动了动，紧接着，一个幽灵般的声音从黑暗中飘过来。"你是怎么知道的？"那人说道。

"嗯，这就要追溯到好久之前了，"埃勒里说，"中世纪的时候，甚至更早，公元5世纪的时候吧。这就要提到那个时候的罗马理发师。"

"理发师？"那人不解地问道。

"是啊。因为近代之前，都是理发师给人做外科手术。美国独立战争爆发前不久，伦敦的理发师和外科医生才正式分成两种独立的职业，而在法国、德国以及其他欧洲国家，禁止理发师做外科手术的法律规定都是在很久之后才出台的。

"所以说，数世纪以来，外科医生都被看成一种卑微的职业，卑微到连正式的职业名称都没有。而且在有些国家，这种歧视一直延续到现代社会。就算到了今天，英国顶级医院里最有名的外科医生也不能像其他医疗领域的从业人员那样被称为'医生'，而是被称为'先生'。"

"所以，"埃勒里说道，"当我想到那张便条上将康克林·法纳姆这名外科医生称为'良配法纳姆先生'时，我就想到，这个家里——甚至包括整个莱特镇在内——只有一个人会这样称呼他，那就是从英国来访的贵妇。就是你，雷诺兹小姐。"

遗嘱查证案：最后死的人

管家这一角色阻碍了奎因新著小说的进展，这一天下来，埃勒里无数次尝试将这一角色写得生动起来。

在14个小时努力无果的情况下，埃勒里察觉到了其中的难点所在：现实生活中管家绝迹已久，因此，塑活这一角色就像还原雷龙的形象一样。

很明显，这是需要一番研究的：要先在头脑中勾勒出大概的轮廓，再开始寻找原型——假如这种人还存在的话。埃勒里简直要崩溃了。

貌似他刚闭上眼睛，铃声就响了起来。他吓了一跳，在黑暗中摸索了一阵，迷迷糊糊地看了一眼：早上8：07。闹钟是关掉的，他得出结论：刚刚响的是门铃。于是，他跟跟跄跄地来到大门口，打开门发现一个姑娘站在眼前，目测一下三围大概是38、23、36英寸，她还有一双蓝眼睛，红头发。哦，老天！

"是奎因先生吗？"那姑娘打量了一下奎因凌乱的造型，心里有些纳闷儿，于是用神庙钟声般的声音问道，"我是不是来得不巧？"

"虽然我只睡了2小时11分钟，不过没关系，"奎因一边说，一边赶紧让她进来，"请问，眼前这位我有幸结识的小姐是？"

"伊迪·博勒斯，"美女脸一红，难掩心中的喜悦，用那铃声般的声音回答道，"我遇到了麻烦。"

"大家不是都一样吗？我也遇到了麻烦，是关于一名管家的。"

"哦，这就奇了！"她尖叫道，"我的也是。严格来讲，是关于两个管家的。您听说过管家俱乐部吗？"

"先别急，我们是否可以先把事情说清楚，博勒斯小姐？"埃勒里请求道，同时拉了把椅子过来，"两个管家？管家俱乐部？在哪里？什么时间？总之，这到底是怎么回事？"

随后，这位女神不慌不忙地做了番解释。如同美神阿芙洛狄忒从海水泡沫中诞生那样，管家俱乐部崛起于20世纪20年代的黄金泡沫时代，比工会俱乐部、世纪俱乐部或大都会俱乐部还要火，俱乐部会员仅三十名最为有名的男管家。当时，会员们将他们手中的大笔资源集中在一起，在第六十大道租了一栋高大的褐色砂石建筑作为俱乐部根据地，就在第五大道边上。

1939年发生的经济大萧条再加上自然灾害使会员数量减少到十几名。但俱乐部的资产值却飞涨起来，因为幸存下来的会员——掌握着千万富翁雇主们的私人财务状况的管家们——以低于5美元1股的价格投资了普通股，结果到了1963年，俱乐部不仅把那栋建筑买了下来,还拥有了价值300万美元的蓝筹股[1]证券。

现如今,俱乐部只剩下两名会员,他们已经长久不做管家了。两人都八十几岁了——威廉·贾维斯(他有个讨厌的孙子,名叫本泽尔·贾维斯),还有彼得·博勒斯,也就是伊迪的爷爷。两人目前都住在俱乐部里。

"本[2]·贾维斯和我都在别处生活,"博勒斯小姐严肃地强调道,"谢天谢地我和他不在一起。可是根据俱乐部的规定,会员必须住在俱乐部,否则就会被取消生存者获得权。"

"生存者获得权?"奎因先生如同一只着了魔的猎犬般嗅到了线索,"你是想说这个自创的管家俱乐部建立了一套养老金制度?据说,这个愚蠢至极的制度规定谁活到最后谁就拥有所有财产,是吗?"

"是的,奎因先生。"

"真是稀罕。我本以为管家们是这个世界上最保守的群体。"

"看来您还不太了解所谓的管家,"博勒斯小姐插话道,"他们是天生的投机者。总之,到目前为止,那两个老管家心中只有一个想法——把对方踢出去,好让自己继承俱乐部的财产。这一切都很愚蠢,不过也很搞笑,若不是因为……"她欲言又止。

"若不是因为什么?"

"嗯,这也正是我来这里的原因,奎因先生。昨晚我按照每周的惯例去祖父那里拜访……"

---

[1] 指在某一行业内占有重要支配地位、业绩优良的大公司发行的普通股票。

[2] 本泽尔的昵称。

昨晚7：00

伊迪在那间用橡木和皮革装饰的"静默室"里找到了两位耄耋老人，两人正因为一些事情吵得不可开交，场面着实有些不体面，但在管家之间还挺正常的。

"你，贾维斯，"伊迪听见祖父压低声音说，"正在打馊主意！"彼得·博勒斯像一截枯树根一样，随着年龄的增长，已经没有什么体面的形象了，此时仿佛一阵风都能把他吹得摇摇欲坠。

"真的吗，博勒斯？"威廉·贾维斯冷笑道，他身材矮小，秃头，面色铁青，那冷笑声听起来很邪恶，"你难道不想把我踢出局，然后把俱乐部财产留给你孙女吗，嗯？"

"没有，贾维斯。我确实没有这种想法！"

"说真的，贾维斯先生，"伊迪一脸惊讶地说道，"没有人想要把你踢出去。"

"事实恰恰相反，你个老不死的，"老博勒斯对老贾维斯阴阳怪气地吼道，"有这种想法的是你！你想杀了我，然后把养老的钱都交给你那个花心大萝卜孙子。"

两人吵闹不休，对彼此虎视眈眈，随时做好了开战的准备。

幸好这时本泽尔·贾维斯出现了，他也是每周都会过来，而且似乎总是能碰巧遇见伊迪，只见他站在这两个斗得跟乌眼鸡似的老人中间。伊迪第一次觉得见到他挺开心（在别人面前，年轻的贾维斯拥有着杰基尔博士一般的形象，可每每单独遇见伊迪就立马变成了邪恶的海德先生。[1]）

"这样，伊迪，"本·贾维斯说道，他跟他爷爷一样，身材矮小，秃头，"你拉住你家的那位老家伙，我拉住我家的，把他们分开——希望他们的房间都有门锁，到时候……你和我再……？"

"……但是奎因先生。我现在担心得要死，"伊迪直接跳到结尾，没有提自己是如何像使出了柔术中的手刀那一招般从年轻的贾维斯那里逃脱的，"两个人都以为对方要杀了自己，若是他们俩臆想着做自我防卫的话，恐怕两个人真的会伤到彼此。去警察局报警还不太妥当，因为又没有事情发生——我应该怎么办呢？"

"他们没雇个人来照顾自己吗？"

"勤杂工和厨师都只是下午才来，而且晚上都不在那里过夜。如果他们一方打什么糊涂主意的话，晚上是没有人在那儿的。"

"就目前这种紧急的情况来看，"埃勒里严肃地说道，"需要一名权威人士以非官方的名义出面解决一下，博勒斯小姐。我爸爸是警察局的探长，他很喜欢做这种预防犯罪的工作。我这就给他打个电话，失陪一下。"

不一会儿，对于像奎因探长这种喜欢防犯罪于未然的人来讲，这次特别的机会却似乎并不让他很感兴趣。奎因探长父子俩和伊迪·博勒斯在管家俱乐部门前的路边等本·贾维斯，探长怒气冲冲

---

[1] 杰基尔博士和海德先生为英国小说家罗伯特·路易斯·史蒂文森所著的小说《化身博士》中的两个人物形象，他们是同一个人的双重人格。

地盯着儿子（探长之前坚持要先打电话让贾维斯过来）。贾维斯摇摇晃晃地从出租车上爬下来，一看就是宿醉未醒，探长见了他更是气得火冒三丈。随后，一行人上了棕褐色的石头台阶，探长对埃勒里耳语道："是哪个家伙出的这个主意？"

话虽这么说，他还是上前按了门铃。接着他按了一遍又一遍。"他们是聋子还是傻瓜？"探长吼道。

"门铃声很大的，"伊迪·博勒斯紧张地说道，"哦，您觉得——？"

"让我来看看。"说着，埃勒里抽出自己那把牢靠的开锁枪。他打开门，感觉自己像乘坐了时间机器一样，眼前的一切都是过去的样子——暗色的木头家具、高耸的屋顶、硕大的彩色玻璃吊灯、铜制的柴架，还有很多画着管家的油画，令人难以置信。

而且奇怪的是，耳边一直有颤音传来。

"是爷爷的闹钟，"伊迪叫道，"在他的卧室。他为什么不把闹钟关掉呢？"

于是，她像狩猎女神阿耳忒弥斯一样朝一楼后面蹿去，一边飞快地跑，一边解释说，她爷爷已经爬不了楼梯了。她冲进老管家的卧室，随后传来一声哀号。她停在那里，转过身来。等奎因父子俩跑到铜制床前俯身检查彼得·博勒斯的状况时，床头上放的那只老式指针闹钟也像他的主人一样最后尖叫了一声，随后就永远地消停了。

老博勒斯穿得规规整整的，四仰八叉地躺在床上。在他那树皮一样的脸上有几道难看的抓痕，此外并没有其他被暴力攻击的迹象。

"从尸体的状况来看，他是昨晚死的。"奎因探长检查了一番说道，"你们俩从这里离开的时候，他脸上有这些抓痕吗？"

"没有，"本·贾维斯一边说，一边心不在焉地抱着伊迪，"亲爱的，情况真是太糟糕了，节哀吧。"

"谢谢你，本，"伊迪说道，"可是，你的手不要乱摸可以吗？拜托了。"

"我觉得，贾维斯，"埃勒里冷冷地看着本说道，"我们最好也去看看你爷爷。他的卧室在哪儿，楼上吗？不，博勒斯小姐，你还是在楼下这里等我们吧。"

后来，他们发现那个身材矮小的老威廉·贾维斯蜷缩在卧室地板上，身上的衣服也是规规整整的。他的脸上有着很严重的抓伤，跟楼下他那位管家伙计一样，死掉了。

"他是，"年轻的贾维斯疯了一样地问道，"什么时候死的？"

探长起身说："也是昨晚。"

"7：46。"埃勒里一边点头，一边指着旁边的电子钟说道。在倒下的瞬间，老人的身体把墙壁插座口上的电线蹭了下来，钟才停了。"你和博勒斯小姐昨晚什么时候从这里离开的，贾维斯？"

"不到7：30。"

大家发现伊迪正在楼下的俱乐部会议室里，悄悄地抹眼泪。她抬起头说道："我的老天，发生了什么事？"

"我觉得他们是等你们离开了之后，"奎因探长说道，"大打出手。虽然他们对彼此造成的伤害只是抓伤，但是情绪激动和体力消耗对两人的伤害太大了。好不容易回到自己的卧室，接着他们就晕倒，死去了。我打赌，尸检结果会是两者都是死于心脏衰竭。"

"好了，好了，"埃勒里柔声安慰着那个哭得梨花带雨的蓝眼睛姑娘，"伊迪，他们年纪都很大了。"

"管家俱乐部的生命就此结束了，也是时候结束了，"本泽尔·贾维斯说道，"我现在只想知道，是谁先死的？或者换一种说法，是谁后死的？"

"尸检是查不出具体死亡时间的，"探长说道，感觉这家伙就是个怪人，"不过我觉得他们的死亡时间差不多。说到这里，埃勒里，现在涉及一个有趣的问题。"

"什么问题，爸爸？"埃勒里说道，"哦！对了，是啊。确实是。"

"你们说得没错，就是这个问题！"贾维斯吼道，"如果是老博勒斯先死的，那栋房产就是我爷爷的，自然就由我来继承。如果是另一种情况，那就是由伊迪继承。一定能有法子弄清楚是哪一个后死的，哪怕是晚了10秒钟！"

"哦！"埃勒里说道，"有办法，贾维斯，有办法。"

埃勒里是这么解释的："大家知道威廉·贾维斯是昨晚死的。他在倒地的瞬间将电线蹭掉，致使电子钟停住，钟上显示的时间是7：46。"

"那么问题来了：彼得·博勒斯死亡的确切时间是什么时候？他的闹钟能给出答案。

"假如，你想让闹钟早上8：00响，就必须在头天晚上8：00之后定好。如果你在头天晚上8：00之前定，那闹钟就会在当晚8：00响，而不是在第二天早上响。

"伊迪·博勒斯今天早上来找我帮忙的时候是8点零几分。之后我给你打的电话，爸爸，你又给本·贾维斯打电话，我们大家又在第六十大道碰面——所以说，等我们到管家俱乐部的时候，一定是上午8：00之后很久了。进屋之后我们听到了什么呢？彼得·博勒斯的闹钟铃声。等我们赶到他卧室之后铃声才停下。

"也就是说，彼得·博勒斯是昨晚过了8点以后很长时间才定的闹钟。既然这样，他就得活过8点钟之后很久。

"贾维斯，你的爷爷是晚上7：46去世的。

"那么，博勒斯小姐，您就是我所认识的最美丽动人的大富豪了，能跟您握个手吗？"

集团犯罪案：酬金

"是团伙犯罪吗？"埃勒里坐起来，问道。

"不，这可不是普通的团伙，"奎因探长感叹道，"普通的团伙跟这个集团背后的操纵者可以说是相差甚远。接触到他们是极难的。这是名副其实的社会高层犯罪。"

"跟我详细讲讲是怎么回事吧，爸爸。"

"嗯，我们刚开始也是一无所知，直到后来有线索出现，这个金玉其外的团伙背后有一个董事会，董事会由四人组成。等我告诉你这四个人的身份之后，你肯定会大惊失色。"

"没那么严重吧？"

"没那么严重？"只见探长举起他那满是肌肉的双手，开始将这四个人的身份娓娓道来，"这第一位——听说过德威特·休斯吗？"

"我当然听说过德威特·休斯，华尔街的银行业大亨。你该不会是想说……？"

"没错。"

"没搞错吧,德威特·休斯?犯罪集团背后的操纵者?"

"是四个中的第一个,"父亲一边摇了摇头,一边说道,"第二个是约翰·T.尤因。"

埃勒里瞪大了眼睛:"就是那个石油和矿产业的巨鳄?"

"没错。第三个是菲利波·法尔科内。"

"就是那个建筑业和运输业的老大?爸爸,你不会是在开玩笑吧?"

"我也希望是在开玩笑,"探长说道,"还有最后一个呢,准备好了吗,儿子?这最后一个就是赖利·伯克。"

"你这简直是在开玩笑,"埃勒里惊叹道,"伯克,他可是我们这个时代的代言人!为何伯克这种在社会上有身份和地位的律师会和法尔科内、尤因以及休斯这种巨商勾搭在一起干见不得人的勾当呢?"

老人耸了耸肩:"或许对于这些操纵者来讲,在目前的大环境下把巨额资金洗白是再容易不过的事,他们想找点儿新的刺激,比如犯个罪什么的。"

"我愿意伸张正义,"埃勒里语气坚决地说道,"我猜想,我应该能帮上你吧?"

"在采取行动之前,我想知道这四个人当中哪个是老大,埃勒里。那样不仅可以加快进度,还能减小泄密的可能性,然而我目前只知道为首的那个人掌握着犯罪集团中主要的证据记录。所以,我希望你能帮我们把这个人找出来。"

"还有什么线索吗?"

"算是有吧。"说着,探长按下内部系统通话的电话键,"韦利,让普林斯夫人进来。"

韦利警佐带到探长办公室来的这个女人一脸沧桑,但看得出来,她年轻的时候一定是个娇柔甚至可以说是高雅的美女。现如今她只剩下残容。她太紧张了,埃勒里还得安抚她,把她安置在椅子上。她的胳膊像钢琴琴弦一样上下颤动。

"普林斯夫人的丈夫是一名会计,因为一件贪污案被判了刑,刑期可能是5~10年。"奎因探长说道。

"他没有犯罪,"她失声说道,嗓音跟身体一样,都垮掉了,"他承认了犯罪,但他是清白的,因为这是一场交易。"

"你可以告诉我儿子,普林斯先生入狱的时候是怎么跟你说的吗?"

"约翰说等他出来了我们就去过安稳的生活。"女人告诉埃勒里,"三年多来,我每个月都会收到一封匿名信,里面装着总共750美元的小额纸币。我和孩子们就靠这个生活。"

"你不知道这钱是从哪儿来的吗?"

"不知道。我去监狱看约翰的时候他也不愿意说。不过,他一定是知道的!我敢肯定,这是他和他们之间的交易,就是为了让他守口如瓶。"

"埃勒里,他明天就要从纽约州的新新监狱被假释出来了。"

"我老公说不让我去奥西宁见他——让我在家里等他,"女人小声说道,"我很害怕,奎因先生。"

"为什么?"

"因为他做的那笔不知道是什么性质的交易,也因为他会收到的那笔不知道从哪里来的酬金。我不想要那笔钱！"普林斯夫人大声说道，"我只想离开这里，隐姓埋名，重新开始生活。可约翰是不会听我这些话的——"

"或者说，他谁的话都不会听的，"奎因探长说道，"这是一个风险很大的赌注，埃勒里，不过，或许他会听你的。普林斯夫人说他一直都是你的粉丝。"

"奎因先生，你只需要让约翰明白，我们是不可以拿那笔钱来生活的！"

等女人走后，探长语重心长地对儿子说："虽然我刚才那么说，但没有人能劝说普林斯放弃那种想法，包括你在内。尤其，这钱是他靠牺牲自己的良好声誉和三年多生活换来的。"

"可是爸爸，你想说什么呢？这跟你调查的团伙犯罪有什么关系呢？"

"我们发现，"父亲说道，"普林斯在进监狱之前曾为休斯、尤因、伯克和法尔科内多次办理高级机密业务。其实，就是因为他当初给休斯的一家银行办过事，这起贪污案才浮现了出来。虽然他不承认，但是我有足够的理由相信，普林斯跟这些大佬的关系很近，肯定知道谁是老大。或许，你能想个法子，诱他把信息透露出来。"

"他明天回家？"埃勒里若有所思地说道，"好吧，爸爸。那我们就组一个迎接团吧。"

结果，次日下午2:15，迎接团遇到了一伙前来闹事的不速之客。

普林斯夫妇家住在纽约东部贫民区最为简陋的转角公寓楼里，按照惯例，探长手下的人守在公寓附近的各个门厅和送货员进出口。一辆出租车驶进街道，停在公寓楼门前。约翰·普林斯从车里出来。出租车开走后，只见这位瘦弱、佝偻着背的会计员转身朝公寓楼走去。

就在这时，一辆不起眼的、牌照被泥巴糊住的黑色轿车从街角另一侧呼啸而来，如同闪电一样从普林斯身边疾驰而过。与此同时，里面的人向他一通开火，紧接着轿车就沿街道驶出了拐角。普林斯倒在人行道上，倒地的瞬间，地面被血染红了。

警方的巡逻车赶紧去追那辆行凶车，但那是白费力气。奎因父子和韦利警佐跑到那个倒在地上一动不动的人跟前。虽然他还剩一口气，但也已经晚了。

韦利警佐瞥了一眼，说道："你们还是尽快吧。"

"普林斯，普林斯，听着，"埃勒里俯下身来看着他，"帮我们抓到他们。说吧，能说话吗？"

"他们有……四个人，"垂死之人盯着埃勒里的眼睛，喘着气说道，"每个人……都用一座城市的名字……作为秘密代号。"

"四座城市？"

"波士顿……费城……伯克利……"那人声音断断续续，像要熄灭的蜡烛。紧接着，普林斯使出最后一股力气："还有休斯敦。"他终于清晰地说出了最后一个字。

"哪个是老大？"

可惜，会计员瞪着大眼睛咽了气。

"再见了，可怜的家伙。"韦利警佐宣布。

"这样看来,我猜得没错。"奎因探长嘟囔道,"他的确知道,1秒钟——再多等1秒钟!——他就能告诉我们了。不,韦利警佐,让她过来吧。"他语气更加柔和地说道:"普林斯夫人,我很抱歉……"听老人的语气,这歉意不只是针对她的。

孀妇从丈夫的尸体旁站起身来。"现在你知道了吧,约翰,"她对着尸体说道,"现在你知道他们对你的用意是什么了吧。"探长伸出一条胳膊来,她却没有去扶,而是擦身经过了探长,如同行尸走肉般回到了公寓楼里。

"怎么样?"过了一阵子,探长厉声对儿子说,"别张着嘴站在那儿了!你应该喜欢这种猜秘密代号的事。他们四个每个人都用一座城市的名字来代表自己的身份!他说都有什么来着?"

"波士顿、费城、伯克利、休斯敦。"埃勒里依旧看着那人死不瞑目的样子。随即,他转过身,说道:"看在老天的分儿上,韦利警佐,能把他的眼睛合上吗?"

"嗯,好。我们知道他们的真实身份,"说着,探长也转过身来,"只是不清楚那个为首的人是谁——他还没来得及告诉我们。"

"哦,"埃勒里说道,"不过,他也算是告诉我们了。"

埃勒里给出了答案:

"经过对比查验你会发现,这几个犯罪集团操纵者的名字跟他们用来掩护身份的城市名字是有联系的。

"拿其中一个人为例,赖利·伯克和伯克利。伯克(Burke)和伯克(Berk),二者谐音。

"再拿菲利波·法尔科内和费城为例，菲（Fil）和费（Phil），二者谐音。"

"哦，得了吧，埃勒里，"奎因探长说道，"巧合而已。"

"那德威特·休斯和休斯敦怎么解释？休斯（Hughes）和休斯（Hous）。两个或许是巧合。那么三个呢？就不是巧合了，先生。"

"现在只剩约翰·T.尤因和波士顿这个秘密代号了。告诉我这两者之间有什么联系！"

"这正是你要找的，"埃勒里看着救护车将那可怜的尸体拉走，"关键点就是每座城市名字的头一个音节：伯克、费、休斯。你试试波士顿。"

"波士顿（Boston）与波士（Bos）。"探长半信半疑地尝试着，随后尖叫道，"波士，也就是老大[1]！"

"尤因显然就是你们要找的头目，"埃勒里点头说道，"老大。"

---

[1] 老大（boss）和波士（bos）谐音。——译者注

THE PUZZLE CLUB

猜谜俱乐部

小个子间谍

信是一个神秘人写的，信纸跟法老的莎草纸一样厚。纸面上的阴雕字母不是署名，也不是什么徽标，而是一个大大的、金黄色的、有些逗趣的问号。

"亲爱的奎因先生，"埃勒里读道，"很高兴邀请您来参加我们猜谜俱乐部的下一期例会，时间是周三晚7：30，地点附在下方。邀请您的目的：对您进行会员测试，毫不谦虚地说，这次测试绝对是对您逻辑能力的考验。"

"我们是一个小型的俱乐部，这里都是一些志同道合的人。不用交会费或是履行其他责任。您是唯一一位出席例会的外部人员。着便装即可。

"希望能收到您的肯定答复。"

埃勒里查遍了手头的所有辅助书籍簿册，包括电话簿，没有找到这个猜谜俱乐部的相关记载。然而从另一方面来看，无论是信中的字迹还是地址，都不像什么强盗或敲诈犯的诡计。于是，埃勒里迅速地做了应邀回复。星期三晚上7：30，他准时出现在派克大街最豪华的地段，按响了顶层公寓门厅的门铃。

开门的是一位气宇不凡的英国人，原来是这里的管家，他接过埃勒里的帽子，随后就消失了。紧接着过来一位高高大大的得克萨斯人，穿着随意，过来跟他打招呼，毫无疑问，他便是写信邀请埃勒里前来的东道主。这个身材高大的男人名叫赛尔斯，是位列美国十大富豪榜中的一位富豪。

"真准时，"赛尔斯用他那低沉而有力的声音说道，"欢迎您，奎因先生！"说着，他搓了搓自己那满是肌肉的双手。随后，他将埃勒里请进去。再看这间屋子，俨然是一座大型西式风格的家居博物馆，里面有带装饰钉的皮革、抛光的木质器具、古董地毯、老字画，还有闪亮的水晶和铜币。"看得出来，您很喜欢我这里的传统风格。现代的东西我一个也看不上。"听了这话，埃勒里心想，恐怕不包括现代的石油井和它所带来的利益吧。心里虽这么想，他还是客客气气地跟着主人进客厅，这客厅大得跟西班牙贵族的牧场差不多。

随后，埃勒里跟猜谜俱乐部的会员们握手问候。除了赛尔斯还有三个人，埃勒里都认得，这也没什么可奇怪的。那个皮肤黝黑、高个子、留着小胡子、长着粗眉毛的人就是鼎鼎有名的刑事诉讼律师达内尔，由于最高法院下次开庭审理的案子颇受关注，他近来也频繁出现在大众的视野当中。那个穿戴考究、身材矮小、面色桃红的人就是有名的精神病学家弗里兰博士。最后一个人名叫艾美·温德米尔，是一位女诗人，她有着纤细的身材、瓦蓝而令人惊异的眸子，握手时手劲儿大得跟男人一样。

埃勒里猜测，猜谜俱乐部应该是最近才成立的。它跟其他那些竞赛性质的组织差不多，没什么见不得人的内幕，反而更为单纯：俱乐部会员虽然社会事务繁多，但按照规定（埃勒里早就被告知过），在每月的例会上，除了猜谜，会员不得谈论其他任何话题。正如精神病学家弗里兰博士所说的那样："有些人聚在一起是为了打桥牌。我们聚会是为了出谜题难住彼此——其实自史前时期，人们就开始猜谜了——以表达我们对问号的崇拜。"

他们让他坐在一张宽大的靠椅上，旁边是一人高的壁炉，那位英国管家给他端来一点儿苏格兰威士忌、一张纸巾，还有一小盘刚出炉的开胃菜。

"奎因先生，测试结束之前，您只能吃这些东西，"石油巨子解释道，"要等测试结束之后才能吃晚餐。"

"阿拉伯人不是有一句谚语吗，"弗里兰博士说道，"一旦胃被填得太饱，脑子就不灵光了。"

"或者，正如史蒂文森所说的，"温德米尔小姐小声说，"只知道吃的人是无望获得殊荣的。"

"所以，奎因先生，我们是想让您发挥自己的最高水平，"律师达内尔盯着这位被测试的人说道，"我们的会员制度可是非常严格的。比如，入会的人一定要经过我们大家的一致邀请才行。我们的第五名会员阿尔卡维博士，他是得了诺贝尔奖的生物化学家，目前在莫斯科参加一场学术研讨会，也得从莫斯科那么大老远的地方发电报来邀请您。"

"您应该也能理解，"大富豪赛尔斯说道，"如果您没能猜出谜题的答案，今晚我们就只能把你请出去，以后您再也不会收到邀请了。"

"的确很严苛，"埃勒里点头说道，"你们倒是激发了我的兴趣。那么，谜题的形式是什么样的呢？"

"是通过一个故事来呈现的，"女诗人说道，"不然还有别的形式吗？"

"在这期间，我可以提问题吗？"

"随便提。"小个子精神病学家说道。

"这样的话，"埃勒里说，"你们可以随时开始。"

"这个故事发生在二战时期，"大富豪东道主开始讲起来，"想必您一定记得，在那个年代，一切都很混乱——一夜之间冒出来很多政府部门，新的部门机构争相组建，各行各业的人涌现出来，要为战备出力，安保人员肩上的担子突然重了很多，简直要把他们逼疯了。"

"政府方面要新建一个极为重要的战争局，"精神病学家弗里兰点了一根雪茄烟，说道，"在局里工作的有一个矮个子男人，名叫塔尔顿，全名是J. 奥布里·塔尔顿，他已经退休了，重出江湖是为了报效祖国，发挥余热。奥布里以前是一名公务人员，据可查的记录，他当时的公务业绩还算可以。当时势必要建立战争局，而且它的性质很敏感。由于时间紧迫，局里只对他的身份做了常规的安全性核查，不过，从塔尔顿多年的工作表现来看，确实不存在什么问题。"

"如果你亲眼见过塔尔顿先生，"诗人温德米尔接过话来说道，"他的形象一定会令你大吃一惊——这么说吧，活脱脱一个鲁德亚德·吉卜林年代的英国公务人员。他蓄着毕林普上校[1]那样的八字胡,穿着打扮一向体现出爱德华七世时期的保守风格:一件滚边马甲、一条九分裤、一根银头手杖,衣领上总是别着饰物——通常是一枝白色的栀子花。总之他是一个干净整齐的人,像他那种儒雅谦逊的小个子绅士老头儿好似是从很久以前的年代走出来的。"

"他的品位是那种高雅的、传统式的,"女诗人继续说道,"行为举止也是。比如,塔尔顿先生算得上是一名美食家、葡萄酒鉴赏家。还有,一谈起自己的爱好,他便会滔滔不绝,比如,他会谈论在小型椭圆形象牙和陶器上画微型风景画的事——高兴了,他还会借此机会谈论起自己的一些18世纪藏品,有理查德·科斯韦、奥齐亚斯·汉弗莱以及其他艺术家的微型画,实际上,很少有人听说过这些艺术家。总之,他是一个很无聊的人,局里的年轻人,尤其是那种竞争心强的,总是想方设法地避免跟他接触。"

"后来,发生了一件事,"达内尔律师插话道,"让大家关注起这个小个子的塔尔顿先生来。盟国在西欧登陆前不久,这位干净利落的老绅士突然争取到了一次乘优先航班前往伦敦的机会。紧接着,情报部门就收到匿名信息,说塔尔顿是纳粹的人,也就是说,他是一名德国间谍。战争时期,这种信息数不胜数,绝大多数经核实都是虚假的,或者是谋害人的,也可能是间谍发烧友搞的鬼,总之,你能想象出来各种可能。但塔尔顿有机会接触到高级机密,而且当时是关键时期,不能铤而走险,所以,他们就在飞机即将起飞

---

[1] 形容顽固保守。——译者注

的时候把老塔尔顿从飞机上逮捕了,然后对其进行了严审。"

"这一次审查,"石油巨子赛尔斯一脸严肃地说道,"在漫长而光荣的间谍抓捕史上,可谓是最为严格的一次。整个过程花了很长时间,起初毫无收获。当然了,后来他们还是找到了线索。"

"不用问,谍报信息是盟军进驻欧洲的行动计划。"埃勒里笑着说道。

"没错。"温德米尔面带隐约的愠色,说道,"这里面包括登陆欧洲的日程安排、登陆地点、盟军的军事力量,总之,是德国高级指挥部在粉碎盟军行动计划过程中所需要的一应信息。所有内容,包括具体细节,都是用未加密的普通英语写的。"

"奎因先生,您现在需要回答一个简单的问题——不过一定要仔细考虑好!——情报人员是在哪里找到的谍报信息?"

"或者,换一种说法,"刑事诉讼律师达内尔说,"塔尔顿把谍报信息藏在了哪里?"

"首先,能排除飞机吗?"埃勒里立即问道,"也就是说,他有没有在被捕之前将信息藏在飞机里的某个地方?或者他的行李里,或者别人的行李里?"

"没有。"

"他把信息传递给同伙了吗?"

"没有。"

"在他身上搜到的?"

"是的。"

"嗯,我想想,"埃勒里皱着眉头,"我猜,也不会是那种一看就能猜到的藏匿地点,如帽子、外套、马甲、裤子、衬衫、领带、鞋套、袜子、裤子、内衣、胶鞋这样的地方吧?"他一边说,一边微微地点点头:"难道是他纽扣孔上的花?那是真花吗?"

"绝对是真花。"弗里兰博士说道。

"那是在口袋里?"

"他口袋里的东西被翻了个底朝天,没有。"

"难道是口袋上?"

"什么都没有。"

"暗兜呢?在衣服的暗兜里?"

"不是。"

"他带书了吗?"

"没有。"

"那报纸呢?杂志?通讯录?或是印刷类的东西?"

"都没有。"

"那他钱夹里一定有证件吧——信用卡、驾照……"

"都仔细检查过了,"赛尔斯咯咯地笑道,"这里我可能要补充一下,钱夹的材质也检查过了——看能不能在上面写一些秘密信息,结果是不能。"

"皮肤也检查过了吗,都没有写秘密信息?"

"是的,包括他的头皮、耳朵、手指甲和脚指甲,"石油巨子咧嘴笑道,"什么都没有。他们还用红外线、紫外线以及其他各种科学领域中可用的射线查验过,还用显微镜检查了他身体的每一处角落。为了找到秘密信息,他们甚至动用了所有可用的化学手段,差点儿将他烤熟了——通过热源。"

"检查得还真是彻底。"埃勒里冷冷地说道。"那么,"他突然想到,"他身上有没有看似普通但实际上隐藏了秘密信息的文身?"

"脱光了衣服之后,"温德米尔小姐十分确定地跟他说,"塔尔顿老先生粉色的皮肤干净得跟6个月大的健康婴儿差不多。"

"照此说来,普通的荧光镜和X光应该也用过了,结果还是没查出这个老间谍体内有秘密信息吧?"

"您猜得对,奎因先生。"

"他的胡子,"埃勒里说道,"胡子下面!"

"这伙计还真是聪明,"达内尔律师一脸敬佩地说道,"您是想说塔尔顿把秘密信息写在了上嘴唇上,然后用胡子盖住了,是不是?嗯,情报部门的人想到了。他们把他的胡子刮了,结果什么都没有,只是上嘴唇而已。"

"这就有趣了,"埃勒里拉扯着鼻子说道,一看就是大脑在飞速运转,"那我们就捋一下秘密信息可能藏匿的地方。如果我说到了相关的地方,你们就喊停……手表、腕表或者怀表?戒指?助听器?假发?假眼球?隐形眼镜?眼镜轴?假牙?假的手指或脚趾?或者身体上的任何一处假器官?"

"老天,奎因先生,你以为这个老叛国贼浑身上下是由假体拼凑成的吗?"女诗人哈哈大笑道,"你刚刚说的这些都不是。"

"钥匙环?卡片盒?袖扣?领带扣?腰带?裤子吊带?烟斗?烟袋?香烟?烟盒?鼻烟盒?药盒?"埃勒里继续说着,可是一个都没说中。他每说一种他们就摇摇头。

后来,大家沉默下来。猜谜俱乐部的会员们意味深长地你看看我,我看看你。

"纽扣，"埃勒里突然说道，"空心的纽扣。不是吗？……啊！我忽略了一个地方！"

"什么地方？"达内尔好奇地问道。

"他的银头手杖！"

大家还是笑着摇了摇头，紧接着又沉默下来。

"你们给我提供的那个老家伙身上的线索都被我一一排除了，我还排除了很多别的线索。是不是？"

"说到这个问题，奎因先生，"赛尔斯说道，脸上的笑更加明显了，"您得自己找答案。这个谜题很有意思，是不是？"

"该死的，这些精明的情报人员，"埃勒里吼了声，"最后一个问题：如果答案不止一个，而我说的这个你们压根儿就没有想到，那该怎么办？"他的话立即引来一阵狂笑。

"那样的话，"女诗人说道，"我们推举你为俱乐部董事。"

"奎因先生，现在，"赛尔斯说道，"您可以去我的书房里思考一下，或者沿派克大街散个步，总之，在猜答案的过程中做什么都可以。不过，您只有1小时的时间，因为9点之后我那位主厨查洛特做的东西就难以下咽了。怎么样，您的想法是？"

"做了这么久的推理，我也饿了，"埃勒里也笑着说道，"我觉得，我现在就可以给出谜题的答案。"

"线索嘛，"大家都在静静地等着埃勒里的答案，他咯咯地笑着说，"源于老塔尔顿的爱好——画微型画。这自然而然地会让人想到，他把谍报信息写在了微型画上——字号一定很小，得用高倍数放大镜才能看到，这一点是显而易见的。"

"当然了，问题是：经过缩微处理之后的谍报信息被他写在了随身的哪个物件上?

"刚刚我问大家,你们提供给我的有关那个老家伙的线索是不是都被我一一排查过了。实际上,我当然没有排查完。塔尔顿身上的所有物件我都说了一遍,除了一样。所以说,谍报信息一定是写在那个东西上面的。拥有老塔尔顿那种技艺传承的一流手艺人可是为数不多了,他们那种人可以在稍微大一点儿的句号里写葛底斯堡演说稿或者主祷文。

"他的领口用针别着一枝花,那信息写在针尖上。"

"温德米尔小姐,先生们,"石油大亨由衷地说道,"大家欢迎猜谜俱乐部的新会员吧。"

总统失约

猜谜俱乐部里的人虽然都是身份显赫的人,但他们聚在一起的目的却无足轻重,就是实现共同的爱好——挑战彼此的智商,给彼此出出难题。总之,他们的乐趣就是猜谜。

只有被邀请的人才有资格申请成为会员,而且必须经过测试才可以,也就是说,申请人要经受住俱乐部严格的考验。如果申请人通过了测试,自然而然就会被大家所接受。

埃勒里正式成为猜谜俱乐部的第六名会员后不久,大家就提议邀请美国总统前来申请会员资格,会员一致赞成。

这不是什么轻率的行为。俱乐部会员们十分看中猜谜这项活动,而且据说总统是个猜谜发烧友,只要是合法范围内的谜题他都喜欢。再者,俱乐部的创立者兼首名会员、百万富豪、石油大亨赛尔斯早在得克萨斯油田做吊运工的时候就已经跟我们这位入主白宫的角儿成为哥们儿了。

于是,邀请函送到了华盛顿,令埃勒里没有想到的是,总统居然立马就答应了接受挑战。由于国务繁忙，俱乐部允许他自己指定应邀日期，于是他自己定了个日子。埃勒里那晚按照约定好的时间到达派克大街赛尔斯的顶层公寓时，会员们都已经到了，而迎接他的可不是什么好消息。总统失约，来不了了。一名特工人员刚刚离开，他带来消息说，中东方面出现了新的危机，就在总统动身飞往纽约前的最后一刻，行程被取消了。

"我们现在该怎么办？"大名鼎鼎的刑事诉讼律师达内尔问道。

"给总统的谜题我们已经准备好了，不能就这么浪费了吧，"知名精神病学家弗里兰博士说道，"我们先给他留着吧，等他什么时候来了再说。"

"真可惜，阿尔卡维博士还在莫斯科参加学术研讨会，"精明瘦小的诗人艾美·温德米尔说道，阿尔卡维博士是诺贝尔奖得主，"他思维活跃，总是能一下子就想出个谜题来。"

"或许这位新成员能帮到我们出一个，"来自得克萨斯州的东道主说道，"怎么样，奎因？您做了这么久的作家和侦探，手头的素材一定不少。"

"让我想一想。"然后埃勒里深思熟虑了一番。接着，他咯咯地笑了："好吧，给我几分钟时间打造一下细节……"其实他并没有想多长时间。"我准备好了。我提议，一开始的时候我们可以集体来一段即兴创作。因为这是一个有关谋杀案的谜题，需要一名受害者。大家有什么想法吗？"

"当然得是一个女人了。"女诗人立即说道。

"还得是一个魅力四射的女人。"精神病学家说道。

"那样的话，"刑事诉讼律师说，"似乎就得是好莱坞影星那样的人了。"

"很好，"埃勒里说道，"一个魅力四射的银幕女星自然需要配一个很有魅力的名字。就让我们叫她……瓦莱塔·范·布伦吧。大家同意吗？"

"瓦莱塔·范·布伦，"温德米尔想了想，"不错。她这个角色体现的是性感魅力——一个化着烟熏妆的邪魅女人，有着一双孤傲、圆月般明亮的大眼睛。符合您要的形象吗，奎因先生？"

"完全符合。是这样的，瓦莱塔在纽约参加最新影片的首映式，还要在电视上巡回亮相，为此片做宣传。"埃勒里继续说道，"结果，这可不是一次普通的巡回宣传。事实上，瓦莱塔经历了一次恐怖之旅。这可把她吓坏了，于是她给我写了一封言辞激烈的信，巧的是，我今早刚好收到。"

"在信上，"弗里兰博士加重语气说道，"她说——"

"她说在这次纽约之行中她认识了四位男士，还跟他们在城里逛了逛——"

"这四个男人是不是都爱上了她？"女诗人问道。

"猜对了，温德米尔小姐。她在信中说明了这四个人的身份。第一个是有名的花花公子、纨绔子弟约翰·斯鲁肖伯顿·泰勒三世——大家或许没听说过这位泰勒先生，因为这个名字是我编出来的。这第二个是华尔街之狼——无论是从字面还是从更深层次的意义上来讲，这个称呼都名副其实，名字叫作……嗯，我们就叫他A.帕尔默·哈里森吧。第三个呢，是目前流行艺术画家圈里名声大噪的人物莱昂纳多·普赖斯。四大角色中的最后一个——嗯，名叫比夫·威尔逊，是一名职业橄榄球运动员。"

"这故事还真像模像样。"石油巨子赛尔斯笑道。

"接下来呢,"埃勒里十指搭成桥形,很专业的样子,"瓦莱塔跟我说完这四个人的身份之后继续说,这四个人都跟她求了婚——每个人都求了婚,而且是在同一天。但不巧的是,我们这位神秘的瓦莱塔对他们都没有感觉——至少没有想过要跟他们中的某个人度过一生。于是,她一碗水端平地把他们几个都拒绝了。这对于范·布伦小姐来讲绝对是忙碌的一天,本来应该很享受的,却因为一件事毁了心情。"

"因为其中的一个人,"刑事诉讼律师说道,"起了歹心。"

"没错,达内尔。瓦莱塔在信中跟我说,在她拒绝了这几个人之后,其中三个人的反应都还算得体。可是这第四个人当场大怒,并威胁说要杀了她。她害怕极了,担心他不只是口头威胁那么简单,还让我赶紧联系她。她还在信中说不想去报警,怕这样会影响自己的公众形象。"

"那后来怎么样了?"赛尔斯问道。

"当然是回电话呀,"埃勒里回答道,"一看完她的信我就打了电话。可是你们相信吗?我打电话的时候已经太迟了。她昨晚就被杀了,一定是在寄出信后不久。所以,银幕上少了她的性感形象这个大亮点,数百万热血国人正在沉痛哀悼这一损失。"

"到底是……"达内尔问道,"到底是怎么被谋杀的?"

"我可以告诉大家的是,"埃勒里说道,"凶手的作案工具是一只塔斯马尼亚溜溜球,不过呢,为了公平起见,我不会混淆大家的视听——其实,破案的关键跟凶器没什么关系。为了避免大家把事情复杂化,我可以直接告诉你们,就是那个威胁要杀了瓦莱塔的追求者作的案。"

"就这些吗?"石油大亨问道。

"不,赛尔斯先生,我把关键的线索留在了最后。瓦莱塔在信中给我提供了一条线索。在写到这四个人的时候她说过,她跟其中的三个人有共同之处,而剩下的那个就是威胁她的人。"

"哦,"弗里兰博士说道,"那我们只需要弄清楚他们之间的共同之处是什么就可以了。三个跟瓦莱塔有共同点的人就是无辜的。经过排除,剩下的那个就是罪犯。"

埃勒里点点头:"那么现在——如果按照我上次入会时的规则——大家可以开始提问了。有什么问题吗?"

"我是不是可以这样理解,"女诗人小声问道,"像那种明显的、可能会有共同之处的方面可以直接忽略,比如,瓦莱塔和那三个人的年龄相同,或者是发色相同,或者是宗教信仰相同,或者是来自同一座城市、同一个州,或者念的是同一所大学,或者投资了同一家公司,是同一家公司的董事这一类的?"

埃勒里哈哈大笑道:"没错,这一类可以忽略了。""那社会地位呢?"富豪尝试着问道,"你所描述的三个人——那个花花公子,叫什么约翰·泰勒的,还有那个华尔街的A.帕尔默·哈里森,以及流行艺术画家普赖斯——他们是不是都来自社会的高层?那个职业橄榄球运动员叫什么来着,他就不一定了吧。"

"可碰巧的是,"埃勒里遗憾地说道,"流行艺术画家普赖斯生于格林威治村[1],而瓦莱塔则生于芝加哥的贫民区。"

---

[1] 美国纽约市西区的一个地名,住在这里的多半是作家、艺术家等。

随即，大家都陷入了沉思。

"四个人当中的三个是不是和瓦莱塔，"达内尔突然问道，"在同一个陪审团待过？"

"没有。"

"那是上过同一档电视节目？"诗人赶紧问道。

"没有，温德米尔小姐。"

"可别告诉我们说，"弗里兰博士笑着说道，"瓦莱塔·范·布伦和她遇到的那三个追求者都在人生中的关键时刻去同一个精神病学家那里看过病？"

"博士，这个想法倒是很好，但并不是我要的答案。"

"政治立场，"石油大亨说道，"瓦莱塔和她的三名追求者都属于同一个党派。"

"据我所知，赛尔斯先生，"埃勒里说道，"瓦莱塔是忠实的民主党派人士，那个花花公子和华尔街人都是保守的共和党人士，而普赖斯和比夫·威尔逊这辈子就没参加过大选投票。"

温德米尔小姐突然说："或许压根儿不应该沿着这条思路想。奎因先生，我是不是可以这么认为，在你所描述的整个故事中，已经把相关事实都告诉我们了？"

"我还在想，大家什么时候问我这个问题呢，"埃勒里咯咯笑道，"事实的确如此，温德米尔小姐。实际上，的确没有必要再问问题了。"

"那么我有个请求，我需要多一点儿时间，"富豪说道，"你们大家觉得如何？"看大家都心不在焉地点了点头，这位东道主起身说道："我提议，我们今晚破个例，在解开奎因先生的谜题之前先享用一下查洛特给我们准备的精致晚餐。"

一想到查洛特做的掼奶油烟熏三文鱼，温德米尔那双瓦蓝的眼睛就高兴得直放光；一想到牡蛎鸡胸肉，达内尔那胡子般浓密的眉毛就兴奋得一跳一跳；一想到能吃上东方小牛肉，弗里兰博士就忍不住恭喜自己；一想到巧克力水果布丁，东道主赛尔斯也难掩心中的喜悦。用餐期间大家一句话都没说，直到后来再去客厅喝咖啡和白兰地时，他们才再次聊起这件事。

"我从种种迹象发现，"埃勒里说道，"大家并没有真正在我这个小谜题上遇到什么困难。"

"总统错过了这次聚会，实在太可惜了，"赛尔斯大笑道，"这简直是为他量身定做的谜题，奎因。大家都准备好了吗？"

所有人都点了点头。

"既然这样，"埃勒里听其自然，说道，"瓦莱塔的四个追求者中到底谁是杀人凶手呢？"

"当然是女士优先喽。"弗里兰博士殷勤地朝温德米尔小姐点点头。

"解开谜题的关键，"女诗人毫不迟疑地说道，"就蕴含在你给我们的客观条件中，奎因先生，关于瓦莱塔和她的四个追求者，其实你只跟我们交代了一件事。所以说，不管她和那四个人当中的三个人有什么共同点，都必定和这个条件相关。"

"这个逻辑我倒是不反对，"埃勒里小声嘟囔道，"那这个客观条件到底是什么呢？"

达内尔笑了："我们请你即兴出一道谜题的时候，你想到了今晚总统要来赴约这件事。所以这个客观条件就是名字。"

"你把影星的名字命名为瓦莱塔·范·布伦,"赛尔斯说道,"范布伦——美国一位总统的名字。"

"接下来是那个花花公子约翰·斯鲁肖伯顿·泰勒三世,"精神病学家说道,"你做了一下修饰,奎因!不过呢,泰勒还是一位总统的名字——扎卡里·泰勒。"

"还有华尔街的那个A.帕尔默·哈里森,"律师说道,"哈里森——威廉·亨利·哈里森。还有本杰明·哈里森,他也做过总统。"

"至于那个职业橄榄球运动员比夫·威尔逊,"温德米尔忽闪着大眼睛说,"这个'比夫'[1]取得还真是巧妙,奎因先生。可是呢——当然了,威尔逊,代表的正是伍德罗·威尔逊总统。"

"所以只剩下一个人的名字,"石油大亨说道,"跟总统的名讳扯不上关系——莱昂纳多·普赖斯。因此,就是这个流行艺术画家普赖斯杀了瓦莱塔。险些被你蒙骗住,奎因。泰勒、范布伦、哈里森!还真是高明,都不是什么知名的总统。"

"总不能取名叫艾森豪威尔吧。"埃勒里笑着说道。"这倒提醒我了,"说着,他举起白兰地酒杯,"敬我们那位未到场的总统——祝愿他能顺利成为猜谜俱乐部的下一名会员!"

---

[1] Biff(比夫)有"重击"之义,常用作强壮或好斗的男性的绰号,而橄榄球运动是一项具有高对抗性的运动。

HISTORICAL DETECTIVE STORY

历史题材性探案故事

亚伯拉罕·林肯留下的线索

98年前,亚伯拉罕·林肯(在本文的叙述中)产生了一个新的想法,它孕育于秘密之中,奉行的原则是,即使像林肯那样思维单纯的人也可以从埃德加·爱伦·坡那里学到一招半式。

因此,林肯先生创作探案故事的尝试在一个名叫奎因的人这里找到了最后的安息之所,这是完全应当而且非常恰当的。埃勒里此生始终将国父林肯圣化为美国梦最崇高的诠释者。不仅如此,在其微薄的力量所能增减的范围内,奎因彻底为之献身,验证这个想法,或者任何一个孕育于秘密之中和奉行上述原则的想法是否能够长久存在。

埃勒里按照林肯的思路进行实证探案,这件事全世界不大会注意,也不会长久地记住。不过,为了不让他的努力白白牺牲,在此记录下事情的经过:[1]

---

[1] 以上三段化用了林肯的《葛底斯堡演说》。

纽约北部有一座城市，名字有些吓人，叫尤拉莉亚[1]。这桩案子便发生在城市郊区的一座宅院中，这座宅院面积很大，房屋有花体装饰，用的是薄片百叶窗，此外还有一些大胆的建筑设计，谁看了都会联想到19世纪末所谓的乐观年代中那些不修边幅的野姑娘，她们爱穿阔腿裤而不是礼服裙。

这座宅院的主人就是家道中落的迪坎波，此人空有一身贵气，却没有与这样的气质相配的宅院，不过那也是因为他的宅院早已破落了。他那鹰隼般的面容（佛罗伦萨的韵味多一些，维多利亚时期的韵味少一些）如同这座宅院一样，被岁月与多舛的命运摧残得不成样子。然而，他依旧气场十足，身穿紫色天鹅绒便服外套，像个王子一样（他本来有资格这样自诩，然而他并没有这么做）。他这个人，骄傲，倔强，一无是处。他有一个可爱的女儿，名叫比安卡，在尤拉莉亚小学教书，过得极度节俭，以便养活她自己和父亲。

至于洛伦佐·圣马可·博尔格斯鲁福·迪坎波是怎么变得这么落魄的，我们并不关心。我们要说的是，有一天，一个名叫哈宾德的人和一个名叫唐斯顿的人出现了：哈宾德从芝加哥来，唐斯顿从费城来，两人此行的目的就是买到各自梦寐以求的东西，而叫他们前来，说要把东西卖给他们的人正是迪坎波。两位来访者都是收藏爱好者。哈宾德热衷于与林肯相关的东西，而让唐斯顿感兴趣的则是爱伦·坡。

喜欢搜集林肯文物的那个人年纪稍长一些，看样子像移民来的

---

[1] 罗马帝国时期的基督教殉教少女。——译者注

水果采摘商,生意应该不错。简言之,这个名叫哈宾德的人身价约4千万美元,出于对林肯文物的热爱,他随时愿意倾其所有。唐斯顿的富裕程度跟前面那位差不多,他的体态如同诗人般沧老,眼神则像饥饿的猎豹一样,体态和眼神这两件武器让他在讨价还价中受益良多。

"不得不说,迪坎波先生,"哈宾德感叹道,"收到您的来信,我很吃惊。"他停顿了一下,尝了一口主人刚刚从一只古典华贵的酒瓶里给他倒的红酒(那是他们来之前迪坎波倒在瓶子里的加利福尼亚红葡萄酒):"我能问,最后到底是什么让您下定决心把那本书和手书拿出来卖吗?"

"这里借用林肯的一句名言,哈宾德先生,"迪坎波耸了耸他那沧老的双肩,"'在安逸的过去建立起来的信条已不适用于眼前的暴风雨。'一句话,人要是饿极了连血都会卖掉。"

"那得看是不是正品,"老唐斯顿听了他的话,依旧无动于衷,"你很少让收藏人士或是历史学家们接触那本书和手书,迪坎波,它们比诺克斯堡[1]里的黄金还难得一见。你真把它们存放在这里了?我想仔细查验一下。"

"除非得到了它们,否则谁也不能看。"洛伦佐·迪坎波冷冷地回应道。曾经,他像守财奴一样得意地守着上天赐予他的这份幸运,发誓永远不会与这两件东西分离。现如今,他不得不卖掉它们,此刻的他就像一个满腹疑心的老勘探者,终究为了金钱而折

---

[1] 诺克斯堡,美国肯塔基州北部路易斯维尔市西南军用地,自1936年以来,为联邦政府黄金储备的贮存处。

腰，不过，为防止被人发现矿藏的秘密地点，他要画出一张隐晦的地图。"正如我之前跟二位交代的那样，那本书上有爱伦·坡和林肯的签名，而那份手书绝对是林肯的亲笔。我做交易一向都有这样的规矩，你们可以拿东西去验证，若这两件物品并非我所说的正品，是可以退还回来的。如果你们不满意，"老王子站起身来说道，"我们此刻就可以结束这场交易。"

"坐下，坐下，迪坎波先生。"哈宾德说道。

"没有人质疑您的诚信，"老唐斯顿厉声说道，"我只是不习惯还没看见东西就付钱。如果有退款保证，那我们完全可以按照您的规矩办。"

洛伦佐·迪坎波僵硬地坐下了："那很好，二位先生。这么说，你们二位都准备买下它们了？"

"哦，是的！"哈宾德说道，"开个价吧？"

"哦，不，"迪坎波说道，"你出什么价？"

收藏林肯文物的家伙清了清嗓子，一副垂涎三尺的样子："如果书和手书都是正品，迪坎波先生，那么你能从文物贩子或是拍卖行那里拿到……嗯……5万美元的价格。那么我就给你出5.5万美元。"

"5.6万美元。"唐斯顿说道。

"5.7万美元。"哈宾德说。

"5.8万美元。"唐斯顿又说。

"5.9万美元。"哈宾德说。

唐斯顿狠了狠心，说道："6万美元。"哈宾德不再说话了，迪坎波等着。他没指望会发生奇迹。对于他们这种人来讲，6万美元不算什么，即便是这五倍的价格，他们也不会眨一眨眼，而是比买瓶刚才喝的那种普通葡萄酒还轻松。但他们这种人经历过无数次拍卖活动，早就成了行家里手，更何况，在价格上取胜的收藏人士，其得了便宜的成就感跟得到拍卖品的收获感差不多。

所以，当收藏林肯文物的家伙突然说"您能允许唐斯顿先生和我单独谈谈吗"时，这位贫穷的王子并没有感到意外。

迪坎波站起身来，踱着步子从屋里出去，透过一扇破窗户，满脸忧郁地盯着有裂缝的窗子外面的那片树林。想当初，那曾是一座正正经经的意大利式花园。

最后，是那个收藏爱伦·坡文物的家伙把他叫了回来："哈宾德劝了我一通，我们俩要是这样不顾一切地抬高价格的话，谁都捞不到好处。所以，我们想向您提出一个大胆的想法。""是我跟唐斯顿提出来的，他同意了，"哈宾德点头说道，"对于那本书和手书，我们决定出6.5万美元的价格。我们俩都出这个价，一分也不多。"

"那就这么定了。"迪坎波笑着说道，"可是我不明白，如果你们俩都出同样的价格，那书和手书归谁呢？"

"哦，"爱伦·坡文物收藏人士笑着说道，"这正和我们的冒险提议相关。"

"是这样的，迪坎波先生，"收藏林肯文物的人说道，"这件事还得由您来决定。"

老王子活到这把年纪，出奇事儿可是见得够多了，但听了这话之后，还是被惊到了。他这才正眼仔细地打量了一下这两人。"说实话，"他小声嘟囔道，"你们这个决定还真是有趣。能允许我考虑一下吗？"说着，他陷入了沉思，两位收藏家满眼期待地看着他。等老人再次抬起头时，只见他狡猾地笑了："这件事嘛，两位！之前我给二位邮寄复印版手书的时候你们就应该有所了解，林肯自己安排了一个完美的藏书地点，而且留下了线索，但他未多做解释。一段时间之前，我想到了这个小谜题的答案。据此，我提议，就将书和手书放到那里。"

"您的意思是，您解读出了林肯留下来的线索，并按照线索将书和手书藏起来，我们两个之中，解读出这一线索并找到书和手书的人就能用既定的价格得到两件文物，是吗？"

"没错。"

收藏林肯文物的人有些摸不着头脑："我不明白……"

"哦，好了，哈宾德，"唐斯顿两眼放光，说道，"交易就是交易，就这么定了，迪坎波！那现在要做什么？"

"你们二位当然要给我点儿时间。三天怎么样？"

埃勒里独自回到奎因公寓，把手提包放到一边，准备把窗户打开。因为一个案子，他已经离开镇子一个星期了，奎因探长此刻正在大西洋城参加警界大会。

屋子里终于有了新鲜空气，埃勒里坐下来，翻看着自他离家以来积攒的邮件。看到一个信封之后，他停下了。那是空运过来的快件，上面的日期是四天前，左下角的位置用红色显眼的字写着"紧急"。信封皮上打印的回邮地址是：纽约州尤拉莉亚市南区第69号信箱，L.S.M.B.-R. 迪坎波。代表名字的大写字母被画掉了，取而代之的是"比安卡"。

信的附件是用廉价的记事纸写的,是女性的笔迹,字很大而且字迹潦草:

亲爱的奎因先生:
　　世界上最重要的一本侦探书不见了。您能帮我找到它吗?
　　请您一到尤拉莉亚火车站或者机场就给我打电话,我去接您。
比安卡·迪坎波

紧接着,一个黄色的信封吸引了他的注意。原来是一封电报,前一天发来的:

　　怎么还没收到您的消息?我迫切需要您的帮助。
比安卡·迪坎波

他刚看完电报,桌上的电话就响了,是一通长途电话。

"奎因先生吗?"传来一个激动的女低音,"感谢老天,终于联系到您了!给您打了一天的电话——"

"我一直不在家,"埃勒里说道,"你就是尤拉莉亚的比安卡·迪坎波小姐吧。我只想问一句,迪坎波小姐,为什么要找我呢?"

"我也只回答您一句,奎因先生,因为亚伯拉罕·林肯。"

埃勒里很吃惊。"这个理由还真是有说服力。"他咯咯地笑道,"没错,我的确是不折不扣的林肯迷。你是怎么知道的?哦,算了吧。你在信中提到了一本书,迪坎波小姐,是什么书?"

那姑娘用嘶哑的声音回答了他,还跟他说了其他一些比较刺激的事:"您能过来吗,奎因先生?"

"我恨不得今晚就过去!如果明天一大早动身的话,我应该能在中午之前赶到尤拉莉亚。我猜,哈宾德和唐斯顿还在吧?"

"哦,是的。他们还在市中心的旅馆里。"

"到时候你能把他们叫来吗?"

一挂掉电话,埃勒里就一个箭步蹿到书架旁,从上面抽出一本名叫《谋杀为乐》的书来,这是他的好友霍华德·海克拉夫特写的一本历史题材的探案书,紧接着,他在第26页找到了想要的东西:

而且……年轻的威廉·迪安·豪威尔斯[1]认为,有资格替美国总统候选人发声是对自己极大的认可。

他习惯用数学与哲学性的思维模式考虑问题,因此,他也极为认同爱伦·坡在短篇小说和小品中采用的纯逻辑思维,总之是这样一种模式:先将谜题抛出,然后通过严密的逻辑去分析谜题中的日常事实。据说,这位作家每一

---

[1] 威廉·迪安·豪威尔斯(William Dean Howells,1837—1920),美国小说家,曾协助林肯竞选总统,并为其撰写了一篇传记。——译者注

年的作品他都会熟读。

后来,亚伯拉罕·林肯亲自证实了这一说法,对此,1860年豪威尔斯所写的那篇鲜为人知的《竞选传记》中就有记载……当然了,当时这件事最为引人关注的点是它揭露了两位美国伟人之间不为人知的微妙亲密关系……

第二天一大早,埃勒里从文件夹中找了几份文件放到公文包里,又给父亲留了张便条,随后赶紧开车往尤拉莉亚方向去了。

一到迪坎波家,他就被那栋房舍深深地迷住了,因为它看上去颇具查尔斯·亚当斯[1]笔下爱伦·坡的风格,此外还有别的原因,那就是比安卡。我们后来才知道,她有着意大利北部高贵基因的血统,橙红色的头发,地中海式的蓝色眼睛,若是有相当的财力支持,她就是去参加世界小姐这种级别的竞赛都不为过。再者,她现在正处于服丧期,楚楚可怜的她一下子就俘获了奎因的心。

"他死于脑出血,奎因先生,"比安卡擦了一下她那可爱的小鼻子,说道,"就在他跟哈宾德和唐斯顿先生见面之后第二天的半夜。"

也就是说,洛伦佐·迪坎波是意外死亡的,留给我们这位美丽的比安卡一个近乎一贫如洗的家,还有一个未解的谜题。

"父亲留给我仅有的值钱的东西就是那本书,还有林肯的那份手书。他们出的6.5万美元能帮父亲还清债务,也能给我新生活。

---

[1] 查尔斯·亚当斯(Charles Addams,1912—1988),美国漫画家。——译者注

可是我现在找不到它们,奎因先生,哈宾德和唐斯顿先生也找不到——哦,对了,他们一会儿就过来了。父亲跟他们说,他会把这两件东西藏起来,可是藏到哪儿了呢?所有地方都找过了。"

"再跟我说说那本书吧,迪坎波小姐。"

"我在电话里跟您说过了,书名叫作《礼物:献给1845》。它是圣诞节年刊,据说爱伦·坡的《失窃的信》最初面世就是在那本书上。"

"就是由费城卡利和哈特出版社出版的那本,书壳是红色的?"比安卡点点头。埃勒里说道:"要知道,普通的复印版《礼物:献给1845》最贵不超过50美元。你父亲那本之所以特别是因为有那两个人的签名,你之前提到过。"

"奎因先生,父亲也是这么说的。真希望我现在就能把这本书拿给您看看——爱伦·坡在扉页上签的名,那字美极了,他的签名下面则是亚伯拉罕·林肯的签名。"

"那是爱伦·坡自己留的一本,林肯买来之后又签上了自己的名字。"埃勒里慢条斯理地说道,"那是多少代收藏人士梦寐以求的东西!对了,迪坎波小姐,另一件东西是怎么回事,就是林肯的那份手书?"

比安卡将父亲之前告诉她的事跟他说了一遍。

1865年春的一天早上,亚伯拉罕·林肯打开了位于白宫二楼西南角的那扇红木卧室房门,之后来到铺有红地毯的前厅,比往常晚了一些——对于他来讲——时间是早上7点钟。往常,他都是6点钟的时候开始办公。

那天早上,林肯先生(洛伦佐·迪坎波对事情的经过做了一下梳理）一直待在卧室里没出来。他醒来的时间倒是和往常一样，只是他没有立即离开卧室，穿戴整齐后去办公室，而是拉了一把藤椅到圆桌旁，点起汽油灯，坐在那里又读起了1845年年刊中爱伦·坡的那篇《失窃的信》。那天早上，天气阴沉，光线昏暗。总统一个人待着，林肯夫人卧室的折叠门紧闭着。

同往常一样，林肯先生被爱伦·坡的故事深深吸引，而且这一次有了突发奇想。可惜手边没有可用的纸，于是，他从口袋里拿出一个信封来，把里面的信纸扔掉，将两个短边拆开，这样一来，信封打开之后就成了一张纸。接着，他便在空白的地方写起来。

"请跟我说说信封是什么样子的。"

"那是一个大信封，之前一定是装大型信件的。接收地址写的是白宫，不过没有回邮地址，父亲没能从字迹上判断写信人的身份。不过我们敢肯定的是，那封信是通过正规渠道邮寄过来的，因为上面贴着两张印有林肯肖像的邮票，邮票上的邮戳虽然很淡，但是能看见。"

"那天早上林肯到底在信封里面写了什么，我能看看你父亲誊抄出来的内容吗？"

比安卡将印出来的誊抄内容递给埃勒里，埃勒里看着看着浑身冒起了鸡皮疙瘩：

1865年4月14日

爱伦·坡先生这篇《失窃的信》，创意真可谓是世间独一无二的。它的朴实无华也正是其精妙之处，对此，我深感佩服。

今早读这本书又让我有了新的"想法"。假如我想要藏一本书的话——或许，就这本书怎么样？——藏在哪里最好呢？嗯，爱伦·坡先生在故事中将信藏在了很多封信当中，那是不是也可以把一本书藏在很多书中间？照此说来，如果有人为了让这本书不被发现，故意将它放在图书馆里而且不登记——国会图书馆岂不是可以作为首选的存放地点了！——那它就可以一直存放在那里，长长久久地不被人发现。

从另一个角度考虑，如果我们将爱伦·坡先生的"想法"倒转一下：假如那本书不是藏在很多其他书中间，而是藏在不应该存放图书的地方呢？（我或许应该效仿一下爱伦·坡先生，自己写一个"推理"故事！）

"想法"这个词令我异常兴奋。现在快7点钟了，已经晚了，要是那些催命鬼和我的各种事务能多给我一点儿空闲时间，我或许能把我已经想好的具体藏书地点也写出来。

自我提示："藏书的地方就在'30d'，嗯。"

埃勒里抬起头："就写到这里吗？"

"父亲说，林肯先生一定是又看了看手表，心有愧疚，赶紧起来去办公室了，没有把话写完。看来，那之后，他也一直没有时间继续写。"

埃勒里沉思了一会儿。看来的确如此。那个星期五的早上，亚伯拉罕·林肯从卧室出来，他用手摸了摸胸链上那块厚厚的金表，接着跟还在门口值夜班的守卫礼貌地说了句"早上好"，随后往大厅另一端的办公室走去，自此，他繁忙的一天开始了。他像往常一样耐心地推挤过那些等着救助的人，其中有很多人整晚都睡在大厅地毯上。那偌大的办公室便是避难所，他躲在那里阅览公文。到了早上8点钟，他和家人吃早饭——林肯夫人喋喋不休地讨论着晚上的计划，患有唇裂的12岁的泰德口齿不清地抱怨着"都没有人邀请我去"，刚刚下班回来的年轻的罗伯特·林肯则沉浸在尤里西斯·格兰特[1]（他心目中的英雄）的事迹以及过去几天的战事当中。这之后，他回到总统办公室去看晨报（林肯曾经说自己"从不"看报纸，但他说这话的时候情况还很好，到处都传来好消息），再签署两份文件，然后让门口的士兵将早上的第一名访客带进来，即众议院议长斯凯勒·科尔法克斯[2]（此人一直渴望跻身于内阁，得巧妙应对一下）。接下来的这一天里还有一系列的事——11点钟他要召开一次具有历史性意义的内阁会议，格兰特将军会到场参加，会议将持续到下午。快到2点半的时候他要和林肯夫人匆匆忙忙吃一口午饭（这位比标准体重轻了45磅的男人今天是不是像平常一样，中午只吃了饼干和一个苹果，喝了一杯牛奶？）。紧接着，还有更多的访客要来他办公室（包括之前没有预约的南希·布什罗德夫人，她本是一个在逃的奴隶，丈夫也是奴隶，她有三个小孩儿，听说她一直哭诉，在波托马克军团服役的汤姆再也拿不到

---

1 尤里西斯·格兰特（Ulysses Grant，1822—1885），美国军事家，第18任美国总统。
2 斯凯勒·科尔法克斯（Schuyler Colfax，1823—1885），曾任美国副总统、众议院议长。

工资了，总统说："你有权为丈夫讨要工资。明天的这个时间过来吧。"说完，这个高个子总统将她送到门口，毕恭毕敬地带她出去，仿佛她"生来就是个贵族女子"。）。到了快傍晚的时候，他乘坐四轮大马车去海军工厂，之后再和林肯夫人一起回来。接下来还有更多的工作、更多的访客，直到晚上……最后，到了晚上8:05，亚伯拉罕·林肯跟着妻子上了白宫的四轮大马车，挥了挥手，陷进了座椅里，妻子要去福特剧院[1]看《我们的美国人亲戚》，他本不想去，却被硬拉着过去……

简直就是个糟糕透顶的日子，埃勒里默默地思量着林肯这一天的经历。比安卡·迪坎波坐在一旁焦急地看着他，就像患者家属在等候专家的诊断结果一样。

哈宾德和唐斯顿乘着出租车赶来，一见到埃勒里，两人激动得就像流浪在外的人见到远处地平线上升起的缕缕炊烟一样。

"据我了解，二位先生，"埃勒里一边安抚两位一边说道，"迪坎波先生将林肯先生留下来的线索转译成了谜题，而你们一直没能解开。如果迪坎波先生藏起来的书和手书被我找到了，那该归你们俩谁呢？"

"付给迪坎波小姐的6.5万美元我们两个人平摊，"哈宾德说道，"那两件东西归我们俩共同所有。"

"这是我们商量的结果，"老唐斯顿低声抱怨着说道，"其实，从原则和实际上来讲，我都不同意这样，而且这也不符合常理。"

---

[1] 林肯于1865年4月14日晚在该剧院遇刺。

"我也这么觉得，"收藏林肯文物的人叹息着说道，"可我们还能怎么办呢？"

"那么，"爱伦·坡文物收藏家冷眼盯着比安卡·迪坎波，如同猫盯着鸟儿一样，仿佛眼前的这个猎物早已归他所有，"迪坎波小姐，您现在是两件文物的所有者，完全有资格根据自己的想法重新拟定买卖协议。"

"迪坎波小姐，"迪坎波小姐说道，目不转睛地回瞪着唐斯顿，"会遵从他父亲的意思。他定的协议依旧有效。"

"那么结果很有可能是这样的，"另一位富豪哈宾德说道，"书归我们之中的一个人，手书归另一个人，每年做一次交换，差不多这样。"他语气听上去有些不高兴。

"这是目前情况下唯一一种合理的安排了，"唐斯顿咕哝道，听上去也不太高兴，"不过奎因先生，这一切都是理论上的，要先找到书和手书才行。"

埃勒里点点头："那么目前的问题就是弄清楚迪坎波从手书中转译过来的那个'30d'到底是什么意思。'30d'……迪坎波小姐，我发现——或者，我可以称呼你比安卡吗——你父亲在誊抄林肯那份亲笔手书的时候将'3''0'和d放在了一起，中间没有空格。打印出来的字都是这样吗？"

"是的。"

"嗯。那么——'30d'——d代表的是日期（date），还是英国货币中的便士（拉丁文为denarius），或者是讣告中的死亡（died）？你能回想起些什么吗，比安卡小姐？"

"想不起来。"

"那你父亲对某个特别的领域感兴趣吗，比如说，药学？化学？物理学？代数？电学？因为上述领域都用小写的d作为某些概念的缩写形式。"可比安卡还是摇摇头。"那是代表银行？小写的d代表美元（dollar）或者红利（dividends）？"

"不太可能。"姑娘遗憾地笑笑，说道。

"会不会是戏剧？你父亲参加过什么戏剧的制作吗？要是做剧本舞台指导的话，小写的d代表门（door）。"

"奎因先生，我把该死的字典里能找的缩写都找了，没有一个是跟我父亲的某个爱好相关的。"

埃勒里皱起眉头："这样的话——假设复印本是准确无误的话——誊抄出来的d后面是没有句号的，确实不太像是缩写。'30d'……我们还是把注意力放到数字上吧。你看看，数字'30'有什么重要的含义吗？"

"没错，确实有。"比安卡说道，其他三个人听了都嗖的一下坐直了身子，可随后又失望了，"再过几年我就30岁了，那是件相当重要的事情。但恐怕，这只是针对我而言。"

"等你到了第二个30岁的时候还会有人喜欢你，想跟你搭讪的，"埃勒里语气温和地说道，"可是，这个数字跟你父亲的生活或是习惯有什么关系吗？"

"我想不出来了，奎因先生，"比安卡说道，脸颊羞得绯红，"谢谢您的夸奖。"

"我觉得，"老唐斯顿有些生气地说道，"我们最好还是回归正题吧。"

"好的，这样吧，比安卡，我梳理一下跟'30'相关的事物，想到一个说一个。一旦遇到有关系的，你就喊停。三十任暴君[1]——你父亲对古雅典感兴趣吗？三十年战争[2]——他对17世纪欧洲史感兴趣吗？或者是网球比赛的比分制二比二平——他玩网球或者对网球感兴趣吗？或者……他居住过的地方的地址里有带数字'30'的吗？"

埃勒里继续说着，可所说的每一种可能都被比安卡·迪坎波摇头否决了。

"我突然想起来，虽然中间没有空格，但迪坎波并不一定是那样理解线索的，"埃勒里若有所思地说道，"他或许干脆直接理解成了3个od。"

"3个od？"老唐斯顿不禁问道，"那是什么意思？"

"od吗？od是巴伦·冯·赖兴巴赫[3]发现的——大概是在1850年吧？——一种假想的能量，这种能量遍布整个自然界。磁、晶体之类的物质中都含有这种能量，巴伦当时兴奋地解释说，这就是为什么会有动物磁性说以及催眠术。您父亲对催眠感兴趣吗，比安卡？或者说，他对一些超自然的力量感兴趣吗？"

"一点儿兴趣都没有。"

"奎因先生，"哈宾德感叹道，"你是认真的吗——单从字面意思去理解？"

---

1 指古希腊历史事件，在斯巴达扶植下，三十个大贵族在雅典实行专制统治。
2 1618—1648年在欧洲以德意志为主要战场的国际性战争。
3 巴伦·冯·赖兴巴赫（Baron von Reichenbach，1788—1869），19世纪德国化学家，曾研究神秘能量"od"。

"为什么不呢，因为这些客观事实我都还不了解，"埃勒里说道，"不这样试怎么能知道不行呢？od……它也可以作为后缀：biod，代表生物的生命力；elod，电力；等等。3个od嘛……或者可以写成triod，就是三元力——好吧，哈宾德先生，这个不能怪你无知，因为这是我刚刚创造出来的词。但它要表达的的确是三位一体，不是吗？比安卡，你父亲跟教堂方面有什么牵连吗，无论是从个人方面，还是从资助者角度，或者其他方面？没有？太糟糕了，真的，因为自从16世纪以来Od——首字母大写——一直都是'上帝'一词的另一种说法。或者……你们家里该不会是正好有三本《圣经》吧，嗯？因为——"

突然，埃勒里停住了，他口中的语句被粉碎了，就像一股力量突然被一个无法移动的物体挡住了一样。姑娘和那两位收藏人士直勾勾地看着他。比安卡无意间拿起林肯手书的复印版，不是要看，而是将其放在了膝盖上，而坐在她正对面的埃勒里则蹲跪下来，身体前倾，像指针一样，原来，他正盯着她腿上的那张纸，看样子是发现了什么。

"原来是这样！"他尖叫道。

"怎么了，奎因先生？"姑娘不解地问道。

"大家——那个誊抄的版本！"他将那张纸从她腿上拿过来，"原来是这样。大家仔细听这句话：'从另一个角度考虑，如果我们将爱伦·坡先生的"想法"倒转一下。''倒转一下'。若是将'30d''倒转一下'的话，就是我刚刚看到的样子！"

说着，他将林肯留下来的字颠倒过来给大家看。如此一来，"30d"就变成了：

Poe[1]。

"爱伦·坡!"唐斯顿脱口而出。

"没错,虽然字体有些粗糙,但的确能辨认出来,"埃勒里轻快地说道,"所以现在看来,林肯留下来的线索就是:'书就藏在爱伦·坡里!'"

大家沉默了片刻。

"在爱伦·坡里。"哈宾德困惑地说道。

"在爱伦·坡里?"唐斯顿嘟囔道,"在迪坎波的书房里,爱伦·坡的书只有那么几个版本的,哈宾德,我们都翻过了。这里所有的书都翻过了。"

"他或许指的是公共图书馆里面爱伦·坡的书。迪坎波小姐——"

"稍等一下。"比安卡说完起身离开了。可她回来的时候有些不太高兴:"还是不对。在尤拉莉亚有两家公共图书馆,而且两家图书馆的经理我都认识。我刚给他们打过电话。父亲哪家都没去过。"

埃勒里咬着指甲:"这里有爱伦·坡的半身像吗,比安卡?或者其他跟爱伦·坡有关的东西,除书以外?"

"恐怕没有。"

"那就奇怪了,"他咕哝道,"不过我依旧觉得你父亲所理解的'藏书地点'是'爱伦·坡',所以说,他一定是把文物藏在了'爱伦·坡'里……"

---

1 形似Poe,即爱伦·坡的姓。

埃勒里小声嘟囔，声音越来越小，后来就干脆沉默下来，令人心烦意乱：他的眉毛上下挑动，像喜剧演员格劳乔·马克斯那样，鼻尖被他捏得通红，无辜的耳朵被他使劲儿拉扯着，他还用力地咬着嘴唇……之后，他似乎一下子豁然开朗了，立即起身："比安卡，我可以用一下你的电话吗？"

那姑娘只能点点头，埃勒里一下子冲出去。他们听他在门廊里打电话，不过听不清在说什么。两分钟后，他回来了。

"还得弄明白一件事，"他语气轻快地说道，"之后我们就知道答案了。我猜，你父亲应该有一个钥匙环或者钥匙包之类的东西吧，比安卡？能请你拿给我吗？"

她取来一个钥匙包。在那两个富豪眼中，这个钥匙包似乎是他们见过的最寒碜的东西——一个棕褐色的、磨得不成样子的、脏兮兮的人造革包。埃勒里却仿佛把它当作古埃及第四王朝墓穴中新出土的重要历史艺术品，从姑娘手中接过来。只见他集中精力，小心翼翼地将钥匙包打开，又像科学家一样研究起里面的钥匙来。最后他终于选中了一把。

"你们在这里等我！"奎因先生说道，随后就跑着离开了。

"真不知道，"过了一会儿，老唐斯顿说道，"那个家伙到底是个天才还是个想临阵逃脱的精神病人。"

哈宾德和比安卡都没有作声。看来，他们也说不好。

过了漫长的20分钟，就在第21分钟的时候，他们听到了他的车声。埃勒里沿小路大步流星地走过来，三个人早已在前门恭候他了。

他手里拿着一本红色封皮的书，脸上挂着笑。那是一种同情的笑,不过当时那几个人都没能看出来。

"你——"比安卡说道,"找到——"唐斯顿说道:"——那本书了!"哈宾德喊道:"林肯的亲笔手书在里面吗?"

"没错,"埃勒里说道,"我们进屋吧,关上门来默默地表达一下哀悼。"

"因为,"几个人围着长餐桌而坐,比安卡和那两个激动得发抖的收藏人士坐在埃勒里对面,埃勒里说,"我这里有个坏消息。唐斯顿先生,我想,你之前应该从未见过迪坎波先生的这本书吧。现在想不想看看爱伦·坡在扉页上的签名?"

只见唐斯顿那猎豹般的爪子嗖的一下举起来。在扉页顶部的位置有一个已经褪色的签名,上面写的是"埃德加·爱伦·坡"。

紧接着,只见那只爪子蜷缩了回去,老唐斯顿猛地抬起头:"迪坎波从来没说过签的是全名啊——他一直说的是'爱伦·坡的签名'。埃德加·爱伦·坡……是这样的,据我所知,自从爱伦·坡离开西点军校,他签名时就不再带中间的名字了!这本书是1845年的版本,也就是说,这个签名最早是在这本书出版的时候写上去的,大约就是1844年的秋天。1844年的时候,他就已经用'爱伦'的简写形式了,也就是'埃德加·A. 坡'。他的所有签名都是这样的!所以这个签名是假的。"

"我的老天。"比安卡小声咕哝道,不想让人误会她对先人不敬,但她的脸色却和爱伦·坡笔下的莉诺[1]一样惨白,"这是真的

---

[1] 爱伦·坡同名诗歌 *Lenore* 中的人物,是一个死去的女人。

吗,奎因先生?"

"恐怕是真的,"埃勒里遗憾地说道,"当你跟我说扉页上爱伦·坡的签名中带有'爱伦'时我就有所怀疑。如果爱伦·坡的签名是假的,那严格来讲这本书就不能算是爱伦·坡本人所持有过的文物。"

哈宾德悲叹了一声:"还有爱伦·坡名字下方林肯的签名,奎因先生!迪坎波从未跟我说过写的是'亚伯拉罕·林肯',即林肯完整的教名。除非是签署官方文件,否则,林肯先生常用的签名是'A. 林肯',别告诉我,林肯的这个签名也是假的?"

埃勒里不忍心地看了看可怜的比安卡:"我也被'亚伯拉罕'惊到了,哈宾德先生,当迪坎波小姐跟我提起它时,我就有备而来,准备检验一下。"说着,埃勒里从公文包里将那摞文件拿出来,轻轻敲了敲:"喏,这些是林肯签名的副本,都是从他签署的那些最常见的历史性文件中找到的。现在,我要仔细研究一下这本书扉页上的林肯签名。"说着,他便开始研究起来:"而且,我还要把这个签名叠放在真版林肯手书上的各种签名之上,就像这样……"

埃勒里赶紧行动起来,叠放到第三份文件的时候,他抬起头来:

"没错。大家看这里:扉页上所谓的林肯签名真迹跟《解放奴隶宣言》副本中的签名真迹在最细微的地方都是一样的。这也正是诸多伪造者的疏漏所在,其实人在写自己名字的时候,是绝对不会出现两次完全相同的笔迹的。总会有不一样的地方。如果两个签名是完全相同的,那么,其中的一个一定是临摹另一个写出来的。所以，不用再做更多的调查了，这个扉页上的'亚伯拉罕·林肯'也是假的，是根据《解放奴隶宣言》的副本临摹出来的。

"这不仅不是爱伦·坡本人的书，林肯也从来没有在上面——更不能说这本书就是他的——签过名。比安卡，不管你父亲是通过什么渠道拿到的这本书，它都是假的，你父亲被骗了。"

比安卡·迪坎波依旧很有涵养，静静地说道："可怜的，可怜的父亲。"之后她就再也没说什么了。

哈宾德还在不甘心地盯着那只破旧的信封，里面有那位深受人敬爱的殉道总统的笔迹。"至少，"他小声嘟囔道，"我们还有这个。"

"是吗？"埃勒里语气温和地问道，"把它翻过来，哈宾德先生。"

哈宾德抬起头，怒气冲冲地看着他："不会吧！你该不会是连这个都给否定了吧，你这个狠心的讨厌鬼！"

"把它翻过来。"埃勒里依旧语气温和地说道。收藏林肯文物的人只好不情愿地照办。埃勒里问道："你看到了什么？"

"就是那个时期的信封，货真价实！还有两张货真价实的林肯邮票！"

"没错。可是，美国可从来不会把在世的人印在邮票上，须是去世的人才有这样的资格。美国最早印有林肯肖像的邮票是在1866年4月15日出售的，就是在他去世后的一年。也就是说，林肯是不可能用贴有这种邮票的信封当作信纸写东西的。手书也是假的。我很遗憾，比安卡。"

让人没有想到的是，洛伦佐·迪坎波的这个女儿竟然笑着说：

"没关系的，先生。"[1]他真想为她大哭一场。至于那两个收藏人士——哈宾德大为吃惊，而老唐斯顿还能勉强粗声问一句："迪坎波到底把书藏在哪儿了，奎因？你是怎么知道的？"

"哦，这件事啊，"埃勒里说道，此刻的他真希望那两个人能尽快离开，这样他好去安抚那个令人心动的姑娘，"我们现在知道手书是赝品了，而迪坎波将那个伪造者而不是林肯留下来的线索理解成倒写的'3od'，直接点儿说就是'爱伦·坡'。可是按照'线索藏在爱伦·坡中'这个思路找下去没有任何收获。"

"于是，我又重新考量了一下P、o、e的含义。如果这三个字母所指的不是爱伦·坡，那会是什么呢？之后我又想起了你给我写的那封信，比安卡。你用的是你父亲的一个信封，封口处有他的地址：纽约州尤拉莉亚市南区第69号信箱。用正常的逻辑推断，如果尤拉莉亚南区有信箱的话，其他方位的区域也应该有信箱。比如东区，东区的信箱就可以写成P.O.East，也就是P.O.E。"

"就是Poe！"比安卡脱口喊道。

"现在来回答你的问题，唐斯顿先生，我给邮政总局打了电话，确认了一下的确有东区邮政局，又问了怎么才能到那里。之后我在迪坎波的钥匙包里找到了一把邮政信箱的钥匙，迪坎波专门为这件事租了个信箱，我过去找到了那个信箱，打开之后——书真的在那里。"他兴致勃勃地补充道，"事情就是这样。"

---

[1] "没关系的，先生。"原文为法语。

"事情就这样啦,"比安卡送完那两个收藏人士回来说道,"奎因先生,我是不会因为一无所获而大哭的。我会想办法解决好父亲的事。我现在只想着,这是一件令人高兴的事,因为到时候签名和手书都要被拿去做鉴定,现在看来,他反倒不用亲眼看见那两样东西在公众场合被宣布为赝品了。"

"我觉得你多少还是有收获的,比安卡。"

"您说什么?"比安卡说道。

埃勒里轻轻敲了敲上面有伪造林肯笔迹的信封:"要知道,你跟我描述这个信封的时候没太说清楚。你只说上面贴着两张盖了邮戳的、印有林肯肖像的邮票。"

"没错,的确是这样。"

"你的童年可真是白过了。哦,也对,小姑娘是不喜欢集邮的,是吗?为什么这么说呢,仔细看那两张盖了邮戳的林肯邮票,你就会发现,那可不是普通的邮票。首先,它们不是独立的两张,而是上下排列的一对,也就是说,两张邮票的水平边缘是连在一起的。你现在看看位于上面的那张。"

只见姑娘瞪大了那双地中海式的蓝眼睛:"它是上下颠倒的,对吗?"

"没错,就是上下颠倒的,"埃勒里说道,"还有,虽然这对邮票的四周边缘带有穿孔,但是这两张邮票之间连接的地方却没有。"

"所以说,这位年轻的女士——那位素未谋面的伪造者并没有意识到这点,当时他一心想要找一个带有当时白宫封面的真信封,好在上面伪造林肯的笔迹,而他找来的信封上的邮票,集邮爱好者会管这叫作双重印刷错误：一对1866年出售的黑色15美分邮票在横向连接处没有打孔，而且其中的一张还是上下颠倒的。有史以来，带有林肯肖像的邮票还没有出现过这种情况。比安卡，这或许是美国集邮界最为少见也是最为珍贵的藏品，而你现在是它的所有者。"

这件事全世界不大会注意，也不会长久地记住。

不过，千万别去找比安卡·迪坎波印证此事，否则，那可就不好说了。

读客
悬疑文库
认准读客读悬疑，本本都是大师级。

专注出版中、英、美、日、意、法等世界各国各流派的顶尖悬疑作品。

为读者精挑细选，只出版两种作品：
经过时间沉淀，经典中的经典；口碑爆表、有望成为经典的当代名作。

跟着读客悬疑文库，在大师级的悬疑作品中，
经历惊险反转的脑力激荡，一窥人性的善恶吧。

扫一扫，立即查看悬疑文库全书目，
收集下一本精彩悬疑！